挑山工·长衫老者

冯骥才 ◎ 著

长江出版传媒 | 长江文艺出版社

目录

001　挑山工

009　长衫老者

012　歪儿

016　快手刘

022　花脸

028　猫婆

037　逛娘娘宫

059　贺兰人的唱灯影子

065　草原深处的剪花娘子

071　谜

078　小雨入端午

082	空信箱
085	书桌(节选)
093	遵从生命
096	画飞瀑记
099	中国的雪绒花在哪里?
104	年意
107	小动物

挑山工[①]
——泰山旧日见闻之二

一

你见过泰山的挑山工吗？这是种很奇特的人！

不知别处对这种运货上山的民夫怎样称呼。这儿习惯叫作挑山工。单从"挑山"二字，就可以体会出这种工作非凡的艰辛。肩挑着百十斤的重物，从山下直挑到烟云缭绕、鸟儿都难飞得上去的山顶，谁敢一试？更何况，这被誉为"五岳之首"的泰山，自有其巍巍而不可征服的威势。从山根直至极顶处，一条道儿，全是高高的石头台阶，简直就是一架直上直下的万丈天梯。在通向南天门的十八盘道上，那些游山来的健壮的男儿，也不免气喘吁吁；一般人更是精疲力竭，抓着道旁的铁栏，把身子

[①] 本篇收录进课本中时进行过改动，本文为冯骥才先生原文。

一点点往上移。每爬上十来磴台阶，就要停下来歇一歇。只有这时，你碰到一个挑山工——他给重重的挑儿压塌了腰，汗水湿透衣衫，两条腿上的肌条筋缕都清晰地凸现在外，默不作声，一步一步，吃力又坚韧地走过你身旁，登了上去。你那才算是约略知道"挑山"二字的滋味……

挑山工，大概自古就有。山头那些千年古刹所用的一切建筑材料，都是从山下运上来的。瞧着这些构造宏伟的古建筑上巨大的梁柱础石、沉重的铜砖铁瓦，再低头俯望一条灰白的山路，如同一根细绳，蜿蜒曲折，没入茫茫的谷底，你就会联想到，当年为了建造这些庙宇寺观，为了这壮观的美，挑山工们付出了怎样艰巨和惊人的劳动！

我少时来游泰山，山顶上还有三四十户人家，家中的男人大多是挑山工，给山上的国营招待所运送食品货物以为生计。清早，他们拿了扁担绳索，带着晨风晓露下山去，后晌随着一片暮云夕阳，把货物挑上山来。星光烁烁时，家家都开夜店，留宿在山头住一夜而打算转天早起观瞻日出的游人，收费却比国营招待所低廉。他们的屋子是石头垒的。山上风大，小屋都横竖卧在山道两旁的凹处，屋顶与道面一般平。屋里边简陋得几乎什么也没有，用来招待客人的，只有一条脏被和热开水。为了招待主顾，各家门首还挂着一个小幌牌，写着店名。有的叫"棒槌店"，就在木牌两边挂一对小木棒槌；

有的叫"勺儿店"，便挂一对乌黑的小生铁勺儿，下边拴些红布穗子，随风摇摆，叮当轻响。不过，你在这店里睡不好觉。劳累了一天的挑山工和客人们睡在一张炕上。他们要整整打上一夜松涛般呼呼作响的鼾……

在这些小石屋中间，摆着一件非常稀罕的东西。远看一人多高，颜色发黑，又圆又粗，两个人才能合抱过来。上边缀满繁密而细碎的光点，熠熠闪烁，好像一块巨型的金星石。近处一看，原来是一口特大的水缸，缸身满是裂缝，那些光点竟是数不清的连合破缝的锔子，估计总有一两千个。颇令人诧异。我问过山民，才知道，山顶没有泉眼，缺水吃，山民们用这口缸储存雨水。为什么打了这么多锔子呢？据说，三百多年前，山上住着一百多户人家。每天人们要到半山间去取水，很辛苦。一年，从这些人家中，长足了八个膀大腰圆、力气十足的小伙子。大家合计一下，在山下的泰安城里买了这口大缸。由这八个小伙子出力，用了整整七七四十九天，才把大缸抬到山顶。以后，山上人家愈来愈少，再也不能凑齐那样八个健儿，抬一口新缸来。每次缸裂了，便到山下请上来一位锔缸的工匠，锔上裂缝。天长日久，就成了这样子。

听了这故事，你就不会再抱怨山顶饭菜价钱的昂贵。山上烧饭用的煤，也是一块块挑上来的呀！

二

在泰山上，随处都可以碰到挑山工。他们肩上架一根光溜溜的扁担，两端翘起处，垂下几根绳子，拴挂着沉甸甸的物品。登山时，他们的一条胳膊搭在扁担上，另一条胳膊垂着，伴随登踏的步子有节奏地一甩一甩，以保持身体平衡。他们的路线是折尺形的——先从台阶的一端起步，斜行向上，登上七八级台阶，就到了台阶的另一端；便转过身子，反方向斜行，到一端再转回来，一曲一折向上登。每次转身，扁担都要换一次肩，这样才能使垂挂在扁担前头的东西不碰在台阶的边沿上，也为了省力。担了重物，照一般登山那样直上直下，膝头是受不住的。但路线曲折，就使路程加长。挑山工登一次山，大约多于游人们路程的一倍！

你来游山，一路上观赏着山道两旁的奇峰异石、巉岩绝壁、参天古木、飞瀑流泉，心情喜悦，步子兴冲冲。可是当你走过这些肩挑重物的挑山工的身旁时，你会禁不住用一种同情的目光，注视他们一眼。你会因为自己身无负载而倍觉轻松；反过来，又为他们感到吃力和劳苦，心中生出一种负疚似的情感……而他们呢？默默地，不动声色，也不同游人搭话——除非向你问问时间，一步步慢吞吞地走自己的路。任你怎样嬉叫闹喊，也不会惊动他们。他们却总用一种缓慢又平均的速度向上登，很少停歇。脚底板在石阶上发出坚实有力的嚓嚓声。在他们走过之处，常常会留下零零落落的汗水的滴痕……

奇怪的是，挑山工的速度并不比你慢。你从他们身边轻快地超越过去，自觉把他们甩在后边很远。可是，你在什么地方饱览四处雄美的山色；或在道边诵读与抄录凿刻在石壁上的爬满青苔的古人的题句；或在喧闹的溪流前洗脸濯足，他们就会在你身旁慢吞吞、不声不响地走过去，悄悄地超过了你。你发现他们走在你的前头时，会吃一惊，茫然不解，以为他们是像仙人那样腾云驾雾赶上来的。

有一次，我同几个画友去泰山写生，就遇到过这种情况。我们在山下的斗姥宫前买登山用的青竹杖时，遇到一个挑山工。矮个子，脸儿黑生生，眉毛很浓，四十来岁；敞开的白土布褂子中间露出鲜红的背心。他扁担一头拴着几张黄木凳子，另一头捆着五六个青皮西瓜。我们很快就越过他去。可是到了回马岭那条陡直的山道前，我们累了，舒开身子，躺在一块平平的被山风吹得干干净净的大石头上歇歇脚，这当儿，竟发现那挑山工就坐在对面的草茵上抽着烟。随后，我们和他差不多同时起程，很快就把他甩在身后，直到看不见。但我爬上半山的五松亭时，却见他正在那株姿态奇特的古松下整理他的挑儿。褂子脱掉，现出黑黝黝、健美的肌肉和红背心。我颇感惊异。走过去假装问道，让支烟，跟着便没话找话，和他攀谈起来。这山民倒不拘束，挺爱说话。他告诉我，他家住在山脚下，天天挑货上山。一年四季，一天一个来回。他干了近二十年。然后他说："您看俺个子小吗？干挑山工的，长年给扁担压得长不高，都是矮粗。像您这样的高个儿干不了这种活儿，走起来，晃晃悠悠哪！"

他逗趣似的一抬浓眉，咧开嘴笑了，露出皓白的牙齿。山民们喝泉水，牙齿都很白。

这么一来，谈话更随便些，我便把心中那个不解之谜说出来：

"我看你们走得很慢，怎么反而常常跑到我们前边来了呢？你们有什么近道儿吗？"

他听了，黑生生的脸上显出一丝得意之色。他吸一口烟，吐出来，好像做了一点思考，才说：

"俺们哪里有近道？还不和你们是一条道？你们是走得快，可你们在路上东看西看，玩玩闹闹，总停下来呗！俺们跟你们不一样。不能像你们在路上那么随便，高兴怎么就怎么。一步踩不实不行，停停住住更不行。

那样，两天也到不了山顶。就得一个劲儿总往前走。别看俺们慢，走长了就跑到你们前边去了。瞧，是不是这个理儿?"

我笑吟吟、心悦诚服地点着头。我感到这山民的几句话里，似乎包蕴着一种意味深长的哲理，一种切实而朴素的思想。我来不及细细嚼味、做些引申，他就担起挑儿起程了。在前边的山道上，在我流连山色之时，他还是悄悄超过了我，提前到达山顶。我在极顶的小卖部门前碰见他，他正在那里交货。我们的目光相遇时，他略表相识地点头一笑，好像对我说：

"瞧，俺可又跑到你的前头来了！"

我自泰山返回家后，就画了一幅画——在陡直而似乎没有尽头的山道上，一个穿红背心的挑山工给肩头的重物压弯了腰，却一步步、不声不响、坚韧地向上登攀。多年来，这幅画一直挂在我的书桌前，不肯换掉，因为我需要它……

长衫老者

我幼时,家对门有条胡同,又窄又长,九曲八折,望进去深邃莫测。隔街是店铺集中的闹市,过往行人都以为这胡同通向那边闹市,是条难得的近道,便一头扎进去,弯弯转转,直走到头,再一拐,迎面竟是一堵墙壁,墙内有户人家。原来这是条死胡同!好晦气!凡是走到这儿来的,都恨不得把这面堵得死死的墙踹倒!

怎么办?只有认倒霉,掉头走出来。可是这么一往一返,不但没抄了近道,反而白跑了长长一段冤枉路。正像俗话说的:贪便宜者必吃亏。那时,只要看见一个人满脸丧气从胡同里走出来,哈,一准知道是撞上死胡同了!

走进这死胡同的,不仅仅是行人,还有一些小商小贩。为了省脚力,推车挑担串进来,这就热闹了。本来狭窄的道儿常常拥塞;叫车轱辘碰伤孩子的事也不时发生。没人打扫它,打扫也没用,整天土尘蓬蓬。人们气急就叫:"把胡同顶头那家房子扒了!"房子扒不了,只好忍耐；忍耐久了，渐渐习惯。就这样，乱乱哄哄，好像它天经地义就该如此。

一天，来了一位老者，个子矮小，干净爽利，一件灰布长衫，红颜白须，目光清朗，胳肢窝夹个小布包包，看样子像教书先生。他走进胡同，一直往里，可过不久就返回来。嘿，又是一个撞上死胡同的！

这位长衫老者却不同常人。他走出来时，面无懊丧，而是目光闪闪，似在思索。然后站在胡同口，向左右两边光秃秃的墙壁望了望，跟着蹲下身，打开那布包，包里面有铜墨盒、毛笔、书纸和一个圆圆的带盖的小饭盆。他取笔展纸，写了端端正正、清清楚楚四个大字：此路不通。又从小盆里捏出几颗饭粒，代做糨糊，把这张纸贴在胡同口的墙壁上，看了两眼便飘然而去。

咦，谁料到这张纸一出，立刻出现奇迹。过路人若要抄近道扎进胡同，一见纸上的字，就转身走掉；小商贩们即使不识字，见这里进出人少，疑惑是死胡同，自然不敢贸然进去。胡同陡然清静多了。过些日子，这纸条给风吹雨打，残破了，胡同里的住家便想到用一块木板，仿照这四个字写在上边，牢牢钉在墙上，这样就长久地保留下来。

胡同自此大变样子。

它出现了从来没见过的情景：有人打扫，有人种花，有孩童玩耍；鸟雀也敢在地面上站一站。逢到一夜大雪过后，犹如一条蜿蜒洁白的带子，渐渐才给早起散步的老人们，踩上一串深深的雪窝窝。这些饱受市井喧嚣的人家，开始享受起幽居的静谧和安宁来了。

　　于是，我挺奇怪，本来这么简单的一举，为什么许多年里不曾有人想到？我因此愈加敬重那矮小、不知姓名、肯思索、更肯动手来做的长衫老者了……

歪 儿

那个暑假，天刚擦黑，晚饭吃了一半，我的心就飞出去了。因为我又听到歪儿那尖细的召唤声："来玩踢罐电报呀——"。

"踢罐电报"是那时男孩子们最喜欢的游戏。它不单需要快速、机敏，还带着挺刺激的冒险滋味。它的玩法又简单易学，谁都可以参加。先是在街中央用白粉粗粗画一个圈儿，将一个空洋铁罐儿摆在圈里，然后大家聚拢一起"手心手背"分批淘汰，最后剩下一个人坐庄。坐庄可不易，他必须极快地把伙伴们踢得远远的罐儿拾回来，放到原处，再去捉住一个趁机躲藏的孩子顶替他，才能下庄；可是就在他四处去捉住那些藏身的孩子时，冷不防从什么地方会蹿出一人，"叭"的将罐儿叮里当啷踢得老远，倒霉，又得重新开始……一边要捉人，一边还得防备罐儿再次被踢跑，这真是个苦差事，然而最苦的还要算是歪儿！

歪儿站在街中央，寻着空铁罐左盼右盼，活像一个蒸熟了的小红薯。他细小，软绵绵，歪歪扭扭；眼睛总像睁不开，薄薄的嘴唇有点斜；更奇怪的是他的耳朵，明显一大一小，像是父子俩。他母亲是苏州人，四十岁才生下这个有点畸形的儿子，取名叫"弯儿"。我们天天都能听到她用苏州腔呼唤儿子的声音，却把"弯儿"错听成"歪儿"。也许这"歪儿"更像他的模样。由于他身子歪，跑起来就打斜，玩踢罐电报便十分吃亏。可是他太热爱这种游戏了，他宁愿坐庄，宁愿徒自奔跑，宁愿一直累得跌跌撞撞……大家玩的罐儿还是他家的呢！

只有他家才有这装芦笋的长长的铁罐，立在地上很得踢。如果要没有这宝贝罐儿，说不定大家嫌他累赘，不带他玩了呢！

我家刚搬到这条街上来，我就加入了踢罐电报的行列，很快成了佼佼者。这游戏简直就是为我发明的——我的个子比同龄的孩子高一头，腿也几乎长一截，跑起来真像骑摩托送电报的邮差那样风驰电掣，谁也甭想逃脱我的追逐。尤其我踢罐儿那一脚，"叭"的一声过后，只能在远处朦胧的暮色里去听它叮里当啷的声音了，要找到它可费点劲呢！这时，最让大家兴奋的是瞅着歪儿去追罐儿那样子，他一忽儿斜向左，一忽儿斜向右，像个脱了轨而瞎撞的破车，逗得大家捂着肚子笑。当歪儿正要发现一个藏身的孩子时，我又会闪电般冒出来，一脚把罐儿踢到视线之外，可笑的场面便再次出现……就这样，我成了当然的英雄，得意非凡；歪儿怕我，见到我总是一脸懊丧。天天黄昏，这条小街上充满着我的迅猛威风和歪儿的疲于奔命。终于有一天，歪儿一屁股坐在白粉圈里，怏怏无奈地痛哭不止……他妈妈跑出来，操着纯粹的苏州腔朝他叫着骂着，扯他胳膊回家。这愤怒的声音里似乎含着对我们的谴责。我们都感觉自己做了什么不好的事，默默站了一会儿才散。

歪儿不来玩踢罐电报了。他不来，罐儿自然也变了，我从家里拿来一种装草莓酱的小铁罐，短粗，又轻，不但踢不远，有时还踢不上，游戏的快乐便减色许多。那么失去快乐的歪儿呢？我望着他家二楼那扇黑黑的玻璃窗，心想他正在窗后边眼巴巴瞧着我们玩吧！这时忽见窗子一点点开启，跟着一个东西扔下来。这东西掉在地上的声音那么熟悉、那么悦耳、那么刺激，原来正是歪儿那长长的罐儿。我的心头一次感到被一种内疚深深地刺痛了。我迫不及待地朝他招手，叫他来玩儿。

歪儿回到了我们中间。

一切都奇妙又美好地发生了变化。大家并没有商定什么，却不约而同、齐心合力地等待着这位小伙伴了。大家尽力不叫他坐庄；有时他"手心手背"输了，也很快有人情愿被他捉住,好顶替他。大家相互配合,心领神会,作假成真。一次,我看见歪儿躲在一棵大槐树后边正要被发现,便飞身上去,一脚把罐儿踢得好远好远,解救了歪儿;又过去拉着他,急忙藏进一家院内的杂物堆里。我俩蜷缩在一张破桌案下边,紧紧挤在一起,屏住呼吸,却互相能感到对方的胸脯急促起伏。这紧张充满异常的快乐呵!我忽然见他那双眯缝的小眼睛竟然睁得很大,目光兴奋、亲热、满足,并像晨星一样光亮!原来他有这样一双又美又动人的眼睛。是不是每个人都有这样一双眼睛,就看我们能不能把它点亮。

快手刘

人人在童年，都是时间的富翁，胡乱挥霍也使不尽。有时待在家里闷得慌，或者父亲嫌我太闹，打发我出去玩玩儿，我就不免要到离家很近的那个街口，去看快手刘变戏法。

快手刘是个撂地摆摊卖糖的胖大汉子。他有个随身背着的漆成绿色的小木箱，在哪儿摆摊就把木箱放在哪儿。箱上架一条满是洞眼的横木板，洞眼里插着一排排廉价而赤黄的棒糖。他变戏法是为吸引孩子们来买糖。戏法十分简单，俗称"小碗扣球"。一块绢子似的黄布铺在地上，两个白瓷小茶碗，四个滴溜溜的大红玻璃球儿，就这再普通不过的三样道具，却教他变得神出鬼没。他两只手各拿一个茶碗，你明明看见每个碗下边扣着两个红球儿，你连眼皮都没眨动一下，嘿，四个球儿竟然全都跑到一个茶碗下边去了！难道这球儿是从地下钻过去的？他就这样一边把两只碗翻来翻去，一边叫天喊地，东指一下手，西吹一口气，好像真有什么看不见的神灵做他的助手，四个小球儿忽来忽去，根本猜不到它们在哪里。这种戏法比舞台上的魔术难变。舞台只一边对着观众；街头上的土戏法，前后左右围着一圈人，人们的视线从四面八方射来，容易看出破绽。有一次，我亲眼瞧见他手指飞快地一动，把一个球儿塞在碗下边扣住，便禁不住大叫：

"在右边那个碗底下哪，我看见了！"

"你看见了？"快手刘明亮的大眼珠子朝我惊奇地一闪，跟着换了一种正经的神气对我说，"不会吧？你可得说准了。猜错就得买我的糖。"

"行！我说准了！"我亲眼所见，所以一口咬定。自信使我的声音非常响亮。

谁知快手刘哈哈一笑，突然把右边的茶碗翻过来。

"瞧吧，在哪儿呢？"

咦，碗下边怎么什么也没有呢？只有碗口压在黄布上一道圆圆的印子。难道球儿穿过黄布钻进左边那个碗下边去了？快手刘好像知道我怎么猜想，伸手又把左边的茶碗掀开，同样什么也没有！球儿都飞了？只见他将两只空碗对口合在一起，举在头顶上，口呼一声："来！"双手一摇茶碗，里面竟然哗哗响。打开碗一看，四个球儿居然又都出现在碗里边。怪，怪，怪！

四边围看的人发出一阵惊讶不已的唏嘘之声。

"怎么样？你输了吧？不过在我这儿输了决不罚钱，买块糖吃就行了。这糖是纯糖稀熬的，单吃糖也不吃亏。"

我臊得脸皮发烫，在众人的笑声里买了根棒糖，站在人圈后边去。从此我只站在后边看了，再不敢挤到前边去多嘴多舌。他的戏法，在我眼里真是无比神奇了。这也是我童年真正钦佩的一个人。

他那时不过四十多岁吧，正当年壮，精饱神足，肉重肌沉，皓齿红唇，乌黑的眉毛像用毛笔画上去的。他蹲在那里活像一只站着的大白象，一边变戏法，一边卖糖，发亮而外凸的眸子四处流盼，照应八方；满口不住说着逗人的笑话。一双胖胖的手，指肚滚圆，却转动灵活，那四个小球就在这双手里忽隐忽现。我当时有种奇想，他的手好像是双层的，小球时时藏在夹层里。咳咳，孩提时代的念头，现在不会再有了。

这双异常敏捷的手，大概就是他绰号"快手刘"的来历。他也这样称呼自己，以致在我们居住那一带无人不知他的大名。我童年的许多时光，就是在这最最简单又百看不厌的土戏法里，在这一直也不曾解开的迷阵中，在他这双神奇莫测、令人痴想不已的快手之间消磨的。他给了我多少好奇的快乐呢？

那些伴随着童年的种种人和事，总要随着童年的消逝而远去。我上中学以后就不常见到快手刘了。只是路过那路口时，偶尔碰见他。他依旧那样兴冲冲地变"小碗扣球"，身旁摆着插满棒糖的小绿木箱。此时我已经是懂事的大孩子了，不再会把他的手想象成双层的，却依然看不出半点破绽，身不由己地站在那里，饶有兴致地看了一阵子。我敢说，世界上再好的剧目，哪怕是易卜生和莎士比亚，也不能像我这样成百上千次看个不够。

我上高中是在外地。人一走，留在家乡的童年和少年就像合上的书。往昔美好的故事，亲切的人物，甜醉的情景，就像鲜活的花瓣夹在书页里，再翻开都变成了干枯了的回忆。谁能使过去的一切复活？那去世的外婆，不知去向的挚友，妈妈乌黑的卷发，久已遗失的那些美丽的书，那跑丢了的绿眼睛的小白猫……还有快手刘。

高中二年级的暑期，我回家度假。一天在离家不远的街口看见十多个孩子围着什么又喊又叫。走近一看，心中怦然一动，竟是快手刘！他依旧卖糖和变戏法，但人已经大变样子。几年不见，好像过了许久，模样接近了老汉。单是身旁摆着的那只木箱，就带些凄然的样子。它破损不堪，黑糊糊，黏腻腻，看不出一点先前那悦目的绿色。横板上插糖的洞孔，多年来给棒糖的竹棍捅大了，插在上边的棒糖东倒西歪。再看他，那肩上、背上、肚子上、臂上的肉都到哪儿去了呢？饱满的曲线没了，衣服下处处凸出尖尖的骨形来；脸盘仿佛小了一圈，眸子无光，更没有当初左顾右盼、流光四射的精神。这双手尤其使我动心——他分明换了一双手！手背上青筋缕缕，污黑的指头上绕着一圈圈皱纹，好像吐尽了丝而皱缩下去的老蚕……于是，当年一切神秘的气氛和绝世的本领都从这双手上消失了。他抓着两只碗口已经碰得破破烂烂的茶碗，笨拙地翻来翻去，那四个小球儿，一会儿没头没脑地撞在碗边上，一会儿从手里掉下来。他的手不灵了！孩子们叫起来："球在那儿呢！""在手里哪！""指头中间夹着哪！"在这喊声里，他一慌张，手就愈不灵，抖抖索索搞得他自己也不知道球儿都在哪里了。无怪乎四周的看客只是寥寥一些孩子。

"在他手心里。没错！决没在碗底下！"有个光脑袋的胖小子叫道。

我也清楚地看到，在快手刘扣过茶碗的时候，把地上的球儿取在手中。这动作缓慢迟钝，失误就十分明显。孩子们吵着闹着叫快手刘张开手，快手刘的手却攥得紧紧的，朝孩子们尴尬地掬出笑容。这一笑，满脸皱纹都挤在一起，好像一个皱纸团。他几乎用请求的口气说：

"是在碗里呢！我手里边什么也没有……"

当年神气十足的快手刘哪会用这种口气说话？这些稚气又认真的孩子们偏偏不依不饶，非叫快手刘张开手不可。他哪能张手，手一张开，一切都完了。我真不愿意看见快手刘这一副狼狈的、惶惑的、无措的窘态。多么希望他像当年那次——由于我自作聪明，揭他老底，迫使他亮出一个捉摸不透的绝招——小球突然不翼而飞，呼之即来。如果他再使一下那个绝招，叫这些不知轻重的孩子们领略一下名副其实的快手刘而瞠目结舌多好！但他老了，不再会有那花好月圆的岁月年华了。

我走进孩子们中间，手一指快手刘身旁的木箱说：

"你们都说错了，球儿在这箱子上呢！"

孩子们给我这突如其来的话弄得莫名其妙，都瞅那木箱。就在这时，我眼角瞥见快手刘用一种尽可能的快速度把手里的小球塞到碗下边。

"球在哪儿呢？"孩子们问我。

快手刘笑呵呵翻开地上的茶碗说：

"瞧，就在这儿哪！怎么样？你们说错了吧？买块糖吧，这糖是纯糖稀熬的，单吃糖也不吃亏。"

孩子们给骗住了，再不喊闹。一两个孩子掏钱买糖，其余的一哄而散。随后只剩下我和从窘境中脱出身来的快手刘，我一扭头，他正瞧我。他肯定不认识我。他皱着花白的眉毛，饱经风霜的脸和灰蒙蒙的眸子里充满疑问，显然他不明白，我这个陌生的青年何以要帮他一下。

花　脸

做孩子的时候，盼过年的心情比大人来得迫切，吃穿玩乐花样都多，还可以把拜年来的亲友塞到手心里的一小红包压岁钱都积攒起来，做个小富翁。但对于孩子们来说，过年的魅力还有更一层深在的缘故，便是我要写在这几张纸上的。

每逢年至，小闺女们闹着戴绒花、穿红袄、嘴巴涂上浓浓的胭脂团儿；男孩子们的兴趣都在鞭炮上。我则不然，最喜欢的是买个花脸戴。这是种纸浆轧制成的面具，用掺胶的彩粉画上戏里边那些有名有姓、威风十足的大花脸，后边拴根橡皮条，往头上一套，自己俨然就变成那员虎将了。这花脸是依脸型轧的，眼睛处挖两个孔，可以从里边往外看。但鼻子和嘴的地方不通气儿，一戴上，好闷，还有股臭胶和纸浆的味儿；说出话来，声音变得低粗，却有大将威武不凡的气概，神气得很。

一年年根，舅舅带我去娘娘宫前年货集市上买花脸。过年时人都分外有劲，挤在人群里好费力，终于从挂满在一条横竿上的花花绿绿几十种花脸中,惊喜地发现一个。这花脸好大,好特别!通面赤红,一双墨眉,眼角雄俊地吊起,头上边凸起一块绿包头,长巾贴脸垂下,脸下边是用马尾做的很长的胡须。这花脸与那些愣头愣脑、傻头傻脑、神头鬼脸的都不一样。虽然毫不凶恶,却有股子凛然不可侵犯的庄重之气,咄咄逼人,叫我看得直缩脖子。要是把它戴在脸上,管叫别人也吓得缩脖子。我竟不敢用手指它,只是朝它扬扬下巴,说:"我要那个大红脸!"

卖花脸的小罗锅儿,举竿儿挑下这花脸给我,龇着黄牙笑嘻嘻地说:"还是这小少爷有眼力,要做关老爷!关老爷还得拿把青龙偃月刀呢!我给您挑把顶精神的!"说着从戳在地上的一捆刀枪里,抽出一柄最漂亮的大刀给我。大红漆杆,金黄刀面,刀面上嵌着几块闪闪发光的小镜片,中间画一条碧绿的小龙,还拴一朵红缨子。这刀!这花脸!没想到一下得到两件宝贝。我高兴得只是笑,话都说不出。舅舅付了钱,坐三轮车回家时,我就戴着花脸,倚着舅舅的大棉袍执刀而立,一路引来不少人瞧我,特别是那些与我般般大的男孩子们投来艳羡的目光时,使我快活之极。舅舅给我讲了许多关公的故事,过五关斩六将、温酒斩华雄。边讲边说:"你好英雄呀!"好像在说我的光荣史。当他告我这把青龙偃月刀重八十斤，我简直觉得自己力大无穷。舅舅还教我用京剧自报家门的腔调说：

"我——姓关，名羽，字云长。"

到家，人人见人人夸，妈妈似乎比我更高兴。连总是厉害地板着脸的爸爸也含笑称我"小关公"。我推开人们，跑到穿衣镜前，横刀立马地一照，呀，哪里是小关公，我是大关公哪！

这样，整个大年三十我一直戴着花脸，谁说都不肯摘，睡觉时也戴着它，还是睡着后我妈妈轻轻摘下放在我枕边的，转天醒来头件事便是马上戴上，恢复我这"关老爷"的本来面貌。

大年初一，客人们陆陆续续来拜年，妈妈喊我去，好叫客人们见识见识我这关老爷。我手握大刀，摇晃着肩膀，威风地走进客厅，憋足嗓门叫道："我——姓关，名羽，字云长。"

客人们哄堂大笑，都说："好个关老爷，有你守家，保管大鬼小鬼进不来！"

我愈发神气，大刀呼呼抡两圈，摆个张牙舞爪的架势，逗得客人们笑个不停。只要客人来，妈妈就喊我出场表演。妈妈还给我换上只有三十夜拜祖宗时才能穿的那件青缎金花的小袍子。我成了全家过年的主角，连爸爸对我也另眼看待了。

我下楼一向不走楼梯。我家楼梯扶手是整根的光亮的圆木，下楼时便一条腿跨上去，"哧溜"一下滑到底。这时我就故意躲在楼上，等客人来突然由天而降，叫他们惊奇，效果会更响亮！

初一下午，来客进入客厅，妈妈一喊我，我跨上楼梯扶手飞骑而下，呜呀呀大叫一声闯进客厅，大刀上下一抢。谁知用力过猛，脚底没根，身子栽出去，"叭"地巨响，大刀正砍在花架上一尊插桃枝的大瓷瓶上，哗啦啦粉粉碎，只见瓷片、桃枝和瓶里的水飞向满屋，一个瓷片从二姑脸旁飞过，险些擦上了；屋内如淋急雨，所有人穿的新衣裳都是水渍；再看爸爸，他像老虎一样直望着我，哎哟，一根开花的小桃枝迎面飞去，正插在他梳得油光光的头发里。后来才知道被我打碎的是一尊祖传的乾隆官窑百蝶瓶，这简直是死罪！我坐在地上吓傻了，等候爸爸上来一顿狠狠地揪打。妈妈的神气好像比我更紧张，她一下抓不着办法救我，瞪大眼睛等待爸爸的爆发。

就在这生死关头，二姑忽然破颜而笑，拍着一双雪白的手说道：

"好呵，好呵，今年大吉大利，岁（碎）岁（碎）平安呀！哎，关老爷，干吗傻坐在地上？快起来，二姑还要看你耍大刀哪！"

谁知二姑这是使了什么法术，绷紧的气势霎时就松开了。另一位姨婆马上应和说："旧的不去，新的不来，不除旧，不迎新。您等着瞧吧，今年非抱个大金娃娃不成，是吧！"她满脸欢笑朝我爸爸说，叫他应声。其他客人也一拥而上，说吉祥话，哄爸爸乐。

这些话平时根本压不住爸爸的火气，此刻竟有神奇的效力，迫使他不乐也得乐。过年乐，没灾祸。爸爸只得嘿嘿两声，点头说：

"呵，好、好、好……"

尽管他脸上的笑纹明显含着被克制的怒意，我却奇迹般的因此逃脱开一次严惩。妈妈对我丢了眼色，我立刻爬起来，拖着大刀，狼狈而逃。身后还响着客人们着意的拍手声、叫好声和笑声。

往后几天里，再有拜年的客人来，妈妈不再喊我，节目被取消了。我躲在自己屋里很少露面，那把大刀也掖在床底下，只是花脸依旧戴着，大概躲在这硬纸后边再碰到爸爸时有种安全感。每每从眼孔里望见爸爸那张阴沉含怒的脸，不再觉得自己是关老爷，而是个可怜虫了！

过了正月十五，大年就算过去了。我因为和妹妹争吃撤下来的祭灶用的糖瓜，被爸爸抓着腰提起来，按在床上死揍了一顿。我心里清楚，他是把打碎花瓶的罪过加在这件事上一起清算,因为他盛怒时,向我要来那把惹祸的大刀,用力折成段,大花脸也撕成碎片片。

从这事,我悟到一个祖传的概念:一年之中唯有过年这几天是孩子们的自由日,在这几天里无论怎样放胆去闹,也不会立刻得到惩罚。这便是所有孩子都盼望过年深在的缘故。当然那被撕碎的花脸也提醒我,在这有限的自由里可得勒着点自己,当心事后加倍地算账。

猫 婆

我那小阁楼的后墙外,居高临下是一条又长又深的胡同,我称它为猫胡同。每日夜半,这里是猫儿们无法无天的世界。它们戏耍、求偶、追逐、打架,叫得厉害时有如小孩扯着嗓子号哭。吵得人无法入睡时,便常有人推开窗大吼一声"去——",或者扔块石头瓦片轰赶它们。我在忍无可忍时也这样怒气冲冲干过不少次。每每把它们赶跑,静不多时,它们又换个什么地方接着闹,通宵不绝。为了逃避这群讨厌的家伙,我真想换房子搬家。奇怪,哪来这么多猫?为什么偏偏都跑到这胡同里来聚会闹事?

一天,我到一位朋友家去串门,聊天。他养猫,而且视猫如命。

我说:"我挺讨厌猫的。"

他一怔,扭身从墙角纸箱里掏出个白色的东西放在我手上。呀,一只毛线球大小雪白的小猫!大概它有点怕，缩成个团儿，小耳朵紧紧贴在脑袋上，一双纯蓝色亮亮的圆眼睛柔和又胆怯地望着我。我情不自禁赶快把它捧在怀里，拿下巴爱抚地蹭它毛茸茸的小脸，竟然对这朋友说："太可爱了，把它送给我吧！"

我这朋友笑了，笑得挺得意，仿佛他用一种爱战胜了我不该有的一种怨恨。他家大猫这次一窝生了一对小猫——一只一双金黄眼儿，一只一双天蓝色眼儿。尽管他不舍得送人，对我却例外地割爱了，似乎为了要在我身上培养出一种与他同样的爱心来；真正的爱总希望大家共享，尤其对我这个厌猫者。

小猫一入我家，便成了我全家人的情感中心。起初它小，趴在我手掌上打盹睡觉，我儿子拿手绢当被子盖在它身上，我妻子拿眼药瓶吸牛奶喂它。它呢，喜欢像婴儿那样仰面躺着吃奶，吃得高兴时便用四只小毛腿抱着你的手，伸出柔软的、细砂纸似的小红舌头亲昵地舔你的手指尖……这样，它长大了，成为我家中的一员，并有着为所欲为的权力——睡觉可以钻进任何人的被窝儿，吃饭可以跳到桌上，蹲在桌角，想吃什么就朝什么叫，哪怕最美味的一块鱼肚或鹅肝，我们都会毫不犹豫地让给它。嘿，它夺去我儿子受宠的位置，我儿子却毫不妒忌它，反给它起了顶漂亮、顶漂亮的名字，叫蓝眼睛。这名字起得真好！每当蓝眼睛闯祸——砸了杯子或摔了花瓶，我发火了，要打它，只要一瞅它那纯净光澈、惊慌失措的蓝眼睛，心中的火气顿时全消，反而会把它拥在怀里，用手捂着它那双因惊恐瞪大的蓝眼睛，不叫它看，怕它被自己的冒失吓着……

我也是视猫如命了。

入秋，天一黑，不断有些大野猫出现在我家的房顶上，大概都是从后面猫胡同爬上来的吧。它们个个很丑，神头鬼脸向屋里张望。它们一来，蓝眼睛立即冲出去，从晾台蹿上屋顶，和它们对吼、厮打，互相穷追不舍。我担心蓝眼睛被这些大野猫咬死，关紧通向晾台的门，蓝眼睛便发疯似的抓门，还哀哀地向我乞求。后来我知道蓝眼睛是小母猫，它在发狂地爱，我便打开门不再阻拦。它天天夜出晨归，归来时，浑身滚满尘土，两眼却分外兴奋明亮，像蓝宝石。就这样，它在很冷的一天夜里出去了，没再回来。我妻子站在晾台上拿根竹筷子"当当"敲着它的小饭盆，叫它，一连三天，期待落空。意想不到的灾难降临——蓝眼睛丢了！

情感的中心突然失去，家中每个人全空了。

我不忍看妻子和儿子噙泪的红眼圈，便房前房后去找。黑猫、白猫、黄猫、花猫、大猫、小猫，各种模样的猫从我眼前跑过,唯独没有蓝眼睛……懊丧中,一个孩子告诉我,猫胡同顶里边一座楼的后门里,住着一个老婆子,养了一二十只猫,人称猫婆,蓝眼睛多半是叫她的猫勾去的。这话点亮了我的希望。

当夜,我钻进猫胡同,在没有灯光的黑暗里寻到猫婆家的门。正想察看情形,忽听墙头有动静,抬头吓一跳,几只硕大的猫影黑黑地蹲在墙上。我轻声一唤"蓝眼睛",猫影全都微动,眼睛处灯光似的一闪一闪,并不怕人。我细看,没有蓝眼睛,就守在墙根下等候。不时一只走开,跳进院里;不时又从院里爬上一只来。一直没等到蓝眼睛。但这院里似乎是个大猫洞,我那可怜的宝贝多半就在里边猫婆的魔掌之中了。我冒冒失失地拍门,非要进去看个究竟不可。

门打开,一个高高的老婆子出现——这就是猫婆了。里边亮灯,她背光,看不清面孔,只是一条墨黑墨黑神秘的身影。

我说我找猫,她非但没拦我,反倒立刻请我进屋去。我随她穿过小院,又低头穿过一道小门,是间阴冷的地下室。一股浓重噎人的猫味马上扑鼻而来。屋顶很低,正中吊下一个很脏的小灯泡,把屋内照得昏黄。一个柜子,一座生铁炉子,一张大床,地上几只放猫食的破瓷碗，再没别的，连一把椅子也没有。

猫婆上床盘腿而坐，她叫我也坐在床上。我忽见一团灰涂涂的棉被上，东一只西一只横躺竖卧着几只猫。我扫一眼这些猫，还是没有蓝眼睛。猫婆问我："你丢那猫什么样儿？"我描述一遍，她立即叫道："那大白波斯猫吧？长毛？大尾巴？蓝眼睛？见过见过，常从房上下来找我们玩儿，还在我们这儿吃过东西呢。多疼人的宝贝！丢几天了？"我盯住她那略显浮肿、苍白无光的老脸看，只有焦急，却无半点装假的神气。我说："五六天了。"她的脸顿时阴沉下来，停了片刻才说："您甭找了，回不来了！"我很疑心这话为了骗我，目光搜寻可能藏匿蓝眼睛的地方。这时，猫婆的手忽向上一指，呀，迎面横着的铁烟囱上，竟然还趴着好一大长排各种各样的猫！有的眼睛看我，有的闭眼睡觉，它们是在借着烟囱的热气取暖。

猫婆说："您瞧瞧吧，这都是叫人打残的猫！从高楼上摔坏的猫！我把它们拾回来养活的。您瞧那只小黄猫，那天在胡同口叫孩子们按着批斗，还要烧死它，我急了，一把从孩子们手里抢出来的！您想想，您那宝贝丢了这么多天，哪还有好？现在乡下常来一伙人，下笼子逮猫吃，造孽呀！他们在笼里放了鸟儿，把猫引进去，笼门就关上……前几天我的一只三花猫就没了。我的猫个个喂得饱饱的，不用鸟儿绝对引不走。那些狼心狗肺的家伙，吃猫肉，叫他们吃！吃得烂嘴、烂舌头、浑身烂、长疮、烂死！"

她说得脸抖、手也抖，点烟时，烟卷抖落在地。烟囱上那小黄猫，瘦瘦的，尖脸，很灵，立刻跳下来，叼起烟，仰起嘴，递给她。猫婆笑脸开花，咧着嘴不住地说："瞧，您瞧，这小东西多懂事！"像在夸赞她的一个小孙子。

我还有什么理由疑惑她？面对这天下受难猫儿们的救护神，告别出来时，不觉带着一点惭愧和狼狈的感觉。

蓝眼睛的丢失虽使我伤心很久，但从此不知不觉我竟开始关切所有猫儿的命运。猫胡同再吵再闹也不再打扰我的睡眠，似乎有一只猫叫，就说明有一只猫活着，反而令我心安。猫叫成了我的安眠曲……

转过一年，到了猫儿们求偶时节，猫胡同却忽然安静下来。

我妻子无意间从邻居那里听到一个不幸的消息：猫婆死了。同时——在她死后——才知道关于她在世时的一点点经历。

据说，猫婆本是先前一个开米铺老板的小婆，被老板的大婆赶出家门,住在猫胡同那座楼第一层的两间房子里。后又被当作资本家老婆,轰到地下室。她无亲无故,孑然一身,拾纸为生,以猫为伴。但她所养的猫没有一个良种好猫,都是拾来的弃猫、病猫和残猫。她天天从水产店捡些臭鱼烂虾煮了,放在院里喂猫,也就招引一些无家可归的野猫来填肚充饥,有的干脆在她家落脚。她有猫必留,谁也不知道她家到底有多少只猫。

"文革"前,曾有人为她找个伴儿,是个卖肉的老汉。结婚不过两个月,老汉忍受不了这些猫闹、猫叫、猫味儿,就搬出去住了。人们劝她扔掉这些猫,接回老汉,她执意不肯,坚持与这些猫共享着无人能解的快乐。

前两个月,猫婆得急病猝死,老汉搬回来,第一件事便是把这些猫统统轰走。被赶跑的猫儿依恋故人故土,每每回来,必遭老汉一顿死打。这就是猫胡同忽然不明不白静下来的根由了。

这消息使我的心一揪。那些猫,那些在猫婆床上、被上、烟囱上的猫,那些残的、病的、瞎的猫儿们呢?那只尖脸的、瘦瘦的、为猫婆叼烟卷的小黄猫呢?如今漂泊街头、饿死他乡、被孩子们弄死,还是叫人用笼子捉去吃掉了?一种伤感与忧虑从我心里漫无边际地散开,散出去,随后留下的是一片沉重的空茫。这夜,我推开后窗向猫胡同望下去,只见月光下,猫婆家四周的房顶墙头趴着一只只猫影,大约有七八只,黑黑的,全都默不作声。这都是猫婆那些生死相依的伙伴,它们等待着什么呀?

从这天起,我常常把吃剩下的一些东西,一块馒头、一个鱼头或一片饼扔进猫胡同里去,这是我仅能做到的了。但这年里,我也不断听到一些猫这样或那样死去的消息,即使街上一只猫被轧死,我都认定必是那些从猫婆家里被驱赶出来的流浪儿。入冬后,我听到一个令人战栗的故事——

我家对面一座破楼修理瓦顶。白天里瓦工们换瓦时活没干完,留下个洞,一只猫为了御寒,钻了进去;第二天瓦工们盖上瓦走了,这只猫无法出来,急得在里边叫。住在这楼顶层的五六户人家都听到猫叫,还有在顶棚上跑来跑去的声音,但谁家也不肯将自家的顶棚捅坏,放它出来。这猫叫了三整天,开头声音很大,很惨,瘆人,但一天比一天声音微弱下来,直至消失!

听到这故事,我彻夜难眠。

更深夜半,天降大雪,猫胡同里一片死寂,这寂静化为一股寒气透进我的肌骨。忽然,后墙下传来一声猫叫,在大雪涂白了的胡同深处,猫婆故居那墙头上,孤零零趴着一只猫影,在凛冽中蜷缩一团,时不时哀叫一声,甚是凄婉。我心一动,是那尖脸小黄猫吗?忙叫声"咪咪",想下楼去把它抱上来。谁知一声唤,将它惊动,起身慌张跑掉。

猫胡同里便空无一物。只剩下一片夜的漆黑和雪的惨白,还有奇冷的风在这又长又深的空间里呼啸。

逛娘娘宫

一

那时,像我们这些生长在天津的男孩子,只要听大人们一提到娘娘宫,心里仿佛有只小手抓得怪痒痒的。尤其大年前夕,娘娘宫一带是本地的年货市场,千家万户预备过年用的什么炮儿啦,灯儿啦,画儿啦,糕儿啦等,差不多都是从那里买到的。我猜想这些东西在那里准堆成一座座花花绿绿的小山似的。我多么盼望能去娘娘宫玩一玩!但一直没人带我去,大概那时我家好歹算个富户,不便出没于这种平民百姓的集聚之地。我有个姑表哥,他爸爸早殁,妈妈有疯病,日子穷窘;他是个独眼——别看他独眼,他反而挺自在。他那仅剩下单独一只的、又小又细、用来看世界的右眼,却比我的一双黑黑的、正常的大眼睛视野更广,福气更大,行动也更自由——像什么钓鱼逮蟹、到鸟市上听说书、捅棋、买小摊上便宜又好玩的糖稀吃等,他样样能做,我却不能。对于世上的快乐与苦恼,大人和孩子的标准往往不同。大人们是属于社会的,孩子们则属于大自然。这些话不必多说,就说我这独眼表哥吧!他不止一次去过娘娘宫,听他描绘娘娘宫的情景,看耍猴呀,抖空竹呀,逛炮市呀等,再加上他口沫横飞、洋洋得意的神气,我都真有私逃出家、随他去一趟的念头。此刻饭菜不香,糖不甜,手边的玩具顷刻变得索然无味了。我妈妈立刻猜到我的心事,笑眯眯对我说:"又惦着逛娘娘宫了吧!"

说也怪,我任何心事她都知道。

二

我的妈妈是我的奶妈。

我娘生下我时,没有奶,便坐着胶皮车到估衣街的老妈店去找奶妈。我这奶妈是武清县(现天津市武清区)落垡人,刚生过孩子,乡下连年闹灾荒没钱花,她就撇下自己正吃奶的孩子,下到天津卫来做奶妈。我娘一眼就瞧上了她,因为她在一群待用的奶妈中十分惹眼,个子高大,人又壮实,一双大脚,黑里透红、亮光光的一张脸,看上去"像个男人",很健康——这些情形都是后来听大人们说的。据说她的奶很足，我今天能长成个一米九〇的大汉，大概就是受了她奶汁育养之故。

她姓赵。我小名叫"大弟"。依照天津此地的习惯，人们都叫她"大弟妈"，我叫她"妈妈"。

在我依稀还记得的童年的那些往事中，不知为什么，对她的印象要算最深了。几乎一闭眼，她那样子就能穿过厚厚的岁月的浓雾，清晰地显现在眼前。她是个尖头顶、扁长的大嘴、一头又黑又密的头发的女人。每天早上她都对着一面又小又圆的水银镜子，把头发放开，篦过之后，涂上好闻的刨花油，再重新绾到后颈，卷成一个乌黑油亮、像个大烧饼似的大抓髻，外边套上黑线网；只在两鬓各留一绺头发，垂在耳前。这是河北武清那边妇女习惯的发型。她的脸可真黑，嘴唇发白，而且在脸色的对比下显得分外的白。大概这是她爱喝醋的缘故。人们都说醋吃多了，就会脸黑唇白。她可真能喝醋！每吃饭，必喝一大碗醋，有时菜也不吃，一碗饭加一碗醋，吃得又香又快。她为什么这样爱喝醋呢？有一次，我见她吃喝正香，嘴唇咂咂直响，不觉嘴里发馋，非向她要醋喝不可。她把醋碗递给我，叫我抿一小口，我却像她那样喝了一大口。天哪！真是酸死我了。从此，我一看她吃饭，听到她吮咂着唇上醋汁的声音，立即觉得两腮都收紧了。

再有，便是她上楼的脚步异乎寻常地轻快。她带着我住在三楼的顶间，每天楼上楼下不知要跑多少趟，很少歇憩，似有无穷精力。如果她下楼去拿点什么，几乎一转眼就回到楼上。直到现在，我还没有遇见过第二个把上下楼全然不当作一回事的人呢。

那时，我并不常见自己的父母。他们整天忙于应酬，常常在外串门吃饭。只是在晚间回来时，偶尔招呼她把我抱下楼看看、逗逗、玩玩，再给她抱上楼。我自生来日日夜夜都是跟随着她。据说，本来她打算我断了奶，就回乡下去。但她一直没有回去，只是年年秋后回去看看，住上十天半个月就回来。每次回来都给我带一些使我醉心的东西，像装在草棍编的小笼子里的蝈蝈啦，金黄色的小葫芦啦，村上卖的花脸和用麻秆做柄的大刀啦……她一走，我就哭，整天想她；她呢，每次都是提前赶回来，好像她的家不在乡下，而在我家这里。在我那冥顽无知稚气的脑袋里，哪里想得到她留在我家，全然是为了我。

我在家排行第三，上边是两个姐姐。我却算作长子。每当我和姐姐们发生争执，她总是明显地、气啾啾地偏袒于我。有人说她"以为照看人家的长子就神气了"，或者说她这样做是"为了巴结主户"。她不以为然，我更不懂得这种家庭间无聊的闲话。我是在她怀抱里长大的。她把我当作自己亲生孩子那样疼爱，甚至溺爱；我从她身上感受到的气息反比自己的生母更为亲切。

每每夏日夜晚，她就斜卧在我身旁，脱了外边的褂子，露出一个大红布的绣着彩色的花朵和叶子的三角形兜肚儿，上端有一条银亮的链子挂在颈上。这时她便给我讲起故事来，像什么《傻子学话》《狼吃小孩》《烧火丫头杨排风》等。这些故事不知讲了多少遍，不知为什么每听起来依然津津有味。她一边讲，一边慢慢摇着一把大蒲扇，把风儿一下一下地凉凉快快扇在我身上。伏天里，她常常这样扇一夜，直到我早晨醒来，见她眼睛困倦难张，手里攥着蒲扇，下意识地、一歪一斜地、停停住住地摇着……

如果没有下边的事，对于一个八岁的孩子，所能记下的某一个人的事情也只能这些了。但下边的事使我记得更清楚、始终忘不了。

一年的年根底下，厨房一角的灶王龛里早就点亮香烛，供上又甜又脆、粘着绿色蜡纸叶子的糖瓜。这时，大年穿戴的新装全都试过，房子也打扫过了，玻璃擦得好像都看不见了。里里外外，亮亮堂堂。大门口贴上一副印着披甲戴盔、横眉立目的古代大将的画纸。妈妈告诉我那是"门神",有他俩把住大门,大鬼小鬼进不来。楼里所有的门板上贴上"福"字,连垃圾箱和水缸也都贴了,不过是倒着贴的,借着"到"和"倒"的谐音,以示"福气到了"之意。这期间,楼梯底下摆一口大缸,我和姐姐偷偷掀开盖儿一看,全是白面的馒头、糖三角、豆馅包和枣卷儿,上边用大料蘸着品红色点个花儿。再有便是左邻右舍用大锅烧炖年菜的香味,不知从哪里一阵阵悄悄飞来,钻入鼻孔;还有些性急的孩子等不及大年来到,就提早放起鞭炮来。一年一度迷人的年意,使人又一次深深地又畅快地感到了。

独眼表哥来了。他刚去过娘娘宫,带来一包俗名叫"地耗子"的土烟火送给我。这种"地耗子"只要点着,就"刺刺"地满地飞转,弄不好会钻进袖筒里去。他告诉我这"地耗子"在娘娘宫的炮市上不过是寻常之物,据说那儿的鞭炮烟火至少有上百种。我听了,再也止不住要去娘娘宫一看的愿望,便去磨我的妈妈。

我推开门,谁料她正撩起衣角抹泪。她每次回乡下之前都这样抹泪,难道她要回乡下去?不对,她每次总是大秋过后才回去呀!

她一看见我,忙用手背抹干眼角,抽抽鼻子,露出笑容,说:

"大弟,我告诉你一件你高兴的事。"

"什么事?"

"明儿一早,我带你去逛娘娘宫!"

"真的?!"心里渴望的事突然来到眼前,反叫我吃惊地倒退两步,"我娘叫我去吗?"

"叫你去!"她眯着笑眼说,"我刚对你娘打了包票,保险丢不了你,你娘答应了。"

我一下子扑进她的怀抱。这怀抱里有股多么温暖、多么熟悉的气息呵!就像我家当院的几株老槐树的气味,无论在外边跑了多么久、多么远,只要一闻到它的气味,就立即感到自己回到最亲切的家中来了。

可这时,我感到有什么东西"啪啪"落在我背上,还有一滴落在我后颈上,像大雨点儿,却是热的。我惊奇地仰起面孔,但见她泪湿满面。她哭了!她干吗要哭?我一问,她哭得更厉害了。

"孩子,妈今年不能跟你过年了。妈妈乡下有个爷儿们,你懂吗?就像你爸和你娘一样。他害了眼病,快瞎了,我得回去。明儿早晌咱去娘娘宫,后晌我就走了。"

我仿佛头一次知道她乡下还有一些与她亲近的人。

"瞎了眼,不就像独眼表哥了?"我问。

"傻孩子,要是那样,他还有一只好眼呢!就怕两眼全瞎了。妈就……"她的话说不下去了。

我也哭起来。我这次哭，比她每次回乡下前哭得都凶，好像敏感到她此去就不再来了。

我哭得那么伤心、委屈、难过，同时忽又想到明儿要去逛娘娘宫，心里又翻出一个甜甜的小浪头。谁知我此时此刻心里是股子什么滋味？

三

我们一进娘娘宫以北的宫北大街，就像两只小船被卷入来来往往的、颇有劲势的人流里，只能看见无数人的前胸和后背。我心里有点紧张，怕被挤散，才要拉紧妈妈的手，却感到自己的小手被她的大手紧紧握着了。人声嘈杂得很，各种声音分辨不清，只有小贩们富于诱惑的吆喝声，像鸟儿叫一样，一声声高出众人嗡嗡杂乱的声音之上，从大街两旁传来：

"易德元的吊钱呵，眼看要抢完了，还有五张！"

"哪位要皇历！今年的皇历可是套片精印的，整本道林纸。哎，看看节气，找个黄道吉日，家家缺不了它呵！"

"哎、哎、哎，买大枣，一口一个吃不了……"

但什么也瞧不见，人们都是前胸贴着后背，偶有人缝，便花花绿绿闪一下，逗得我眼睛发亮。忽然，迎面一人手里提着一个五彩缤纷的盒子，盒子上印着两个胖胖的人儿，笑嘻嘻挤在一起，煞是有趣。可是没等我细瞧，那人却往斜刺里去了。跟着听到一声粗鲁的喝叫："瞧着！"我便撞在一个软软的、热乎乎的、鼓鼓囊囊的东西上。原来是一个人的大肚子。这人袒敞着棉袄，肚子鼓得好大，以致我抬头看不见他的脸。这时，只听到妈妈的怨怪声：

"你这么大人，怎么瞧不见孩子呢！快，别挤着孩子呀！"

那人嘟囔几声什么。说也好笑，我几乎在他肚子下边，他怎么看得见我？这时，只觉得这人在我前面左挪右挪，大肚子热烘烘蹭着我的鼻尖，随后像一个软软的大肉桶，从我右边滑过去了。我感到一阵轻松畅快。就在这一瞬，对面又来了一个老头，把一个大金鱼灯举过头顶；这是条大鲤鱼，通身鲜红透明，尾巴翘起，伸着须，眼睛是两个亮晃晃、又圆又鼓的大金球儿……

"妈妈，你看……"我叫着。

妈妈扭头，大金鱼灯却不见了。

又是无数人的前胸和后背。

我真担心娘娘宫里也是如此，那就什么也看不见了。

"妈妈，我要看，我什么也瞧不见哪！"

"好！我抱你到上边瞧！"

妈妈说着，把我抱起来往横处挤了几步，撂在一个高高的地方。呀！我真又惊又喜，还有点傻了！好像突然给举到云端，看见了一个无法形容的、灿烂辉煌、热闹非凡的世界。我首先看到的是身前不远的地方有两根旗杆，高大无比，尖头简直碰到天。我对面是一座戏台，上边正在敲锣打鼓，唱戏的人正起劲儿地叫着，台下一片人头攒动。我再扭身一看，身后竟是一座美丽的大庙。在这中间，满是罩棚、满是小摊、满是人。各种新奇的东西和新奇的景象，一下子闯进眼帘，我好像什么也看不清了。在这之后，我才明白自己站在庙前一个石头砌的高台上……

"妈妈，妈，这就是娘娘宫吗？"我叫着。

"可不是吗？"妈妈笑眯眯地说。每逢我高兴之时，她总是这样心花怒放地笑着。她说："大弟，你能在这儿站着别动吗？妈到对面买点东西。那儿太挤，你不能去。你可千万别离开这儿。妈去去就来。"

我再三答应后，她才去。我看着她挤进一家绒花店。

这时，我才得以看清宫门前的全貌。从我们走来的宫北大街，经过这庙前，直奔宫南大街，千千万万小脑袋蠕动着；街的两旁全是店铺，张灯结彩，悬挂着五色大旗，写着"大年减价""新年连市"等字样，一直歪歪斜斜、蜿蜒地伸向锅店街那边而去，好像一条巨大的鳞光闪闪的巨蟒，在地上，慢慢摇动它笨拙的身躯，真是好看极了。我禁不住双腿一蹦一蹦，拍起手来。

"当心掉下来！"有人说着并抓住我的腰。

原来妈妈来了，她喜笑颜开，手里拿着一个方方的花纸盒，鬓上插着一朵红绒花。这花儿如此艳丽，映着她的脸，使她显得喜气洋洋，我感到她从来没有像今天这样好看。

"妈，你好看极了！"

"胡说！"妈羞笑着说，"快下来，咱们到娘娘宫里去看看。"

我随她跨进了多年日思夜想的娘娘宫，心里还掠过一种自豪与得意之情，心想，回头我也能像独眼表哥那样对别人讲讲娘娘宫的事了。而我的姐姐们还没有我今天这种好福气呢！

庙里好热闹，楼宇一处连一处，香烟缭绕，到处是棚摊。这宫院里和外边一样，也成了年货集市。小贩、香客、游人挤成一团，各色各样的神仙图画挂满院墙，连几株老树上也挂得满满的。

一束束红蓝黄绿的气球高过人头，在些许的微风里摇颤着，仿佛要摆脱线的牵扯，飞上碧空……宫院左边是卖金鱼的，右边的摊上多卖空竹。内中有一个胖子，五十多岁，很大一顶灰兔皮帽扣在头上。四四方方一张红脸，秤砣鼻子，鼻毛全支出来，好像废井中长出的荒草。他上身穿一件紧身元黑罩衫，显出胖大结实的身形，正中一行黄布裹成的疙瘩扣，排得很密，像一条大蜈蚣爬在他当胸上。下边是肥大黑裤，青布缠腿，云字样的靴头。他挽着袖管，抖着一个脸盆大小的空竹。如此大的空竹真是世所罕见。别看他身胖，动作却不迟笨，胳膊一甩，把那奇大的空竹抖得精熟，并且顺着绳子，一忽儿滚到左胳膊上，一忽儿滚到右胳膊上，一忽儿猫腰俯背，让转动的空竹滚背而过，一忽儿又把这沉重的家伙抛上半空，然后用手里的绳子接住。这时他面色十分神气。那空竹发出的声音也如牛吼一般。他的货摊上悬着一个朱红漆牌，写着三个金字——"空竹王"，旁边有行小字——"乾隆老样"。摊上的空竹所贴的红签上，也都印着这些字样，并有"认清牌号，谨防假冒"八个字。他的货摊在同行中显得很阔绰，大大小小的空竹，式样不一，琳琅满目，使得左右的邻摊显得寒碜、冷落和可怜。他一边抖着空竹，一边嘴里叨叨不绝，说他的空竹是祖传的。他家历来不但精于制作，又善于表演空竹。他祖宗曾进过宫，给乾隆爷表演过，乾隆爷看得"龙颜大悦"，赐给他祖宗黄金百两、白银一千,外加黄马褂一件,据说那是他祖祖祖祖爷爷的事。后来他家有人又进宫给慈禧太后表演空竹,便是他祖祖爷的事了。祖辈的那黄马褂没有留下,却传下这只巨型的空竹……说到这儿,他把空竹用力抖两下,嘴里的话锋一转,来了生意经,开始夸耀自家空竹的种种优长,直说得嘴角溢出白沫。本来他的空竹不错,抖得也蛮好,不知为什么,这样滔滔不绝的自夸和炫耀,尤其他那股剽悍和霸气劲儿反叫人生厌。这时,他大叫一声,猛一用力,把空竹再次抛上半空,随着脑袋后仰过猛,头上那顶大兔皮帽被抛掉身后,露出一个青皮头顶,见棱见角,并汗津津冒着热气,好似一只没有上锅的青光光的蟹盖儿。大家忍不住笑了。我妈妈笑了一下,便领我到邻处小摊上,买了一个小号的空竹给我。那摊贩对妈妈十分客气,似有感激之意。妈妈为什么不买"空竹王"那里漂亮的空竹,而偏偏买这小摊上不大起眼的东西?这事一直像个谜存在我心里,直到我入了社会,经事多了,才打开这积存已久的谜。

四

大庙里的气氛真是神秘、奇异、可怖。那气氛是只有庙堂里才有的。到处黑洞洞的,到处又闪着辉煌的亮光；到处是人，到处是神。一处处庙堂，一尊尊佛像，有的像活人，有的像假人，有的逗人发笑，有的瞪眼吓人，有的莫名其妙。妈妈在我耳边轻轻告诉我，哪个是娘娘，哪个是四大门神，哪个是关帝，还有雷公、火神、疙瘩刘爷、傻哥和张仙爷。给我印象最突出的要算这张仙爷了。他身穿蓝袍，长须飘拂，张弓搭箭，斜向屋角，既威武又洒脱。妈妈告诉我，民人住宅常有天狗从烟囱钻进来，兴妖作怪，残害幼儿。张仙爷专除天狗，见了天狗钻进民宅就将弓箭射去，以保护孩童。故此，人都称他为"射天狗的张仙爷"……

在我不自觉地望着这护佑儿童们的泥神时，妈妈向一个人问了几句话，就领着我穿过两重热闹闹的小院，走到一座庙堂前。她在门口花了几个小钱买了一把香，便走进去。里边一团漆黑，烟雾弥漫，香的气味极浓。除去到处亮着的忽闪忽闪的烛火，别的什么都看不见。我才要向前迈步，妈妈忽把我拉住，我才发现眼前有几个人跪伏着，随后脑袋一抬，上身直立；跟着又俯身叩首做拜伏状。这些人身前是张条案，案上供具陈列，一尊乌黑的生铁香炉插满香，香灰撒落四边，四座烛台都快给烛油包上了……就在这时，从条案后的黑黝黝的空间里，透现出一个胖胖的、端庄的、安详的妇女的面孔。珠冠绣衣，粉面朱唇，艳美极了。缭绕的烟缕使她的面孔忽隐忽现，跳动的烛光似乎使她的表情不断变化着，忽而严肃，忽而慈爱，忽而冷峻，忽而微笑。她是谁？如何这样妄自尊崇、接受众人的叩拜？我想到这儿时，已然发现她也是一尊泥塑彩画的神像。为什么许多人要给这泥人烧香叩头呢？我拉拉妈妈的衣袖，想对她说话，她却不搭理我。我抬头看她时，只见妈妈脸上郑重又虔诚，一双眼呆呆的，散发出一种迟缓又顺从的光来。我真不懂妈妈何以做出如此怪异的神情。但不知为什么，我忽然不敢出声，不敢随意动作，一股庄重不阿的气氛牢牢束缚住我。心里升起一种从未有过的敬畏的感觉，不觉悄悄躲到妈妈的身后。

在条案一旁，立着一个老头，松形鹤骨，神情肃穆，穿黄袍子。我一直以为也是个泥人。此刻他却走到妈妈身前，把妈妈手里的香接过去，引烛火点着，插在香炉内。这时妈妈也像左右的人那样屈腿俯身，叩头作揖。只剩下我直僵僵地站着。这当儿，一个新发现竟使我吓得缩起脖子：原来条案后那泥神身上满是眼睛，总有几十只，只只眼睛都比鞋子还大，眼白极白，眼球乌黑，横横竖竖，好像都在瞧着我。我一惊之下，忙蹲下来，躲在妈妈背后，双手捂住了脸。后来妈妈起了身，拉着我走出这吓人的庙堂。我便问：

"妈妈，那泥人怎么浑身都是眼睛呀？"

"哎哟，别胡扯，那是千眼娘娘，专管人得眼病的。"

我听了依然莫解，但想到妈妈给她叩头，是为了她丈夫的病吧！我又想发问，却没问出来，因为她那满是浅细皱纹的眼皮中间似乎含着泪水。我之所以没再问她，是因为不愿意勾起她心中的烦恼和忧愁，还是怕她眼里含着的泪流出来，现在很难再回想得清楚。谁能弄清楚自己儿时的心理？

五

在宫南大街，我们又卷在喧闹的人流中。声音愈吵，人们就愈要提高嗓门，声音反倒愈响。其实如果大家都安静下来，小声讲话，便能节省许多气力，但此时、此刻、此地谁又能压抑年意在心头上猛烈的骚动？

宫南大街比宫北大街更繁华，店铺挨着店铺，罩棚连着罩棚，五行八作，无所不有。最有趣的是年画店，画儿贴满四壁，标上号码，五彩缤纷，简直看不过来。还有一家画店，在门前放着一张桌，桌面上码着几尺高的年画，有两个人，把这些画儿一样样地拿给人们看，一边还说些为了招徕主顾而逗人发笑的话。更叫人好笑的是这两个人，一般高，穿着一样的青布棉袍、驼色毡帽，只是一胖一瘦，一个难看，一个顺眼，很像一对说相声的。我爱看的《一百单八将》《百子闹学》《屎壳郎堆粪球》等这里都有。

由此再往南去，行人渐少，地势也见宽阔。沿街多是些小摊，更有可怜的，只在地上放一块方形的布，摆着一些吊钱、窗花、财神图、全神图、彩蛋、花糕模子、八宝糖盒等零碎小物。这些东西我早都从妈妈嘴里听到过，因此我都能认得。还有些小货车，放着日用的小百货，什么镜儿、膏儿、粉儿、油儿的。上边都横竖几根杆子，拴着女孩子们扎辫子用的彩带子，随风飘摇，很是好看；还有的竖立一棵粗粗的麻秆儿，上面插满各样的绒花，围在这小车边的多是些妇女和姑娘们。在这中间，有一个卖字的老人的表演使我入了迷。一张小木桌，桌上一块大紫石砚，一把旧笔，一捆红纸，还立着一块小木牌，写着"鬻字"。这老人瘦如干柴，穿一件土黄棉袍，皱皱巴巴，活像一棵老人参。天冷人老，他捉着一支大笔，跷起的小拇指微微颤抖。但笔道横平竖直，宛如刀切一般。四边闲着的人都怔着，没人要买。老人忽然左手也抓起一支大笔，蘸了墨，两手竟然同时写一副对联。两手写的字却各不相同。字儿虽然没有单手写得好，观者反而惊呼起来，争相购买。

看过之后，我伸手一拉妈妈：

"走!"

她却摆胳膊。

"走——"我又一拉她。

"哎,你这孩子怎么总拉人哪?"

一个陌生的爱挑剔的女人尖厉的声音传来。我抬头一看,原来是一位矮小的黄脸女人,怀里抱着一篓鲜果。她不是妈妈!我认错人了!妈妈在哪儿?我慌忙四下一看,到处都是生人,竟然不见她了!我忙往回走。

"妈妈,妈妈……"我急急慌慌地喊,却听不见回答,只觉得自己喉咙哽咽,喊不出声来,急得要哭了。

就在这当口,忽听"大弟"一声。这声简直是肝肠欲裂、失魂落魄的呼喊。随后,从左边人群中钻出一人来,正是妈妈。她张大嘴,睁大眼,鬓边那两绺头发直条条耷拉着,显出狼狈与惊恐的神色。她一看见我,却站住了,双腿微微弯曲下来,仿佛要跌在地上。手里那绒花盒儿也捏瘪了。然后,她一下子扑上来把我紧紧抱住,仿佛从五脏里呼出一声:

"我的爷爷,你是不想叫我活了!"

这声音,我现在回想起来还那样清晰。

我终于看见了炮市,它在宫南大街横着的一条胡同里。胡同中有几十个摊儿,这摊儿简直是一个个炮堆。

"双响"都是一百个盘成一盘。最大的五百个一盘,像个圆桌面一般大。单说此地人最熟悉的烟火——金人儿,就有十来种。大多是鼓脑门、穿袍挂杖的老寿星,药捻儿在脑顶上。这里的金人高可齐腰,小如拇指。这些炮摊的幌子都是用长长的竹竿挑得高高的一挂挂鞭炮。其中一个大摊,用一根杯口粗的竹竿挑着一挂雷子鞭,这挂大鞭约有七八尺,下端几乎擦地,把那竹竿压成弓形。上边粘着一张红纸条,写了"足数万头"四个大字。这是我至今见到的最威风的一挂鞭。不知怎样的人家才能买得起这挂鞭。

为了防止火灾,炮市上绝对不准放炮。故此,这里反而比较清静。再加上这条胡同是南北方向,冬日的朔风呼呼吹过,顿感身凉。像我这样大小的男孩子们见了炮都会像中了魔一样,何况面对着如此壮观的鞭炮的世界,即使冻成冰棍也不肯看几眼就离开的。

"掌柜的,就给我们拿一把双响吧!"妈妈和那卖炮的说起话来,"多少钱?"

妈妈给我买炮了。我多么高兴!

我只见她从怀里摸出一个旧手巾包,打开这包儿,又是一个小手绢包儿,手绢包里还有一个快要磨破了的毛头纸包儿,再打开,便是不多的几张票子,几枚铜币。她从这可怜巴巴的一点钱中拿出一部分,交给那卖炮的。冷风吹得她的鬓发扑扑地飘。当她把那把"双响"买来塞到我手中时,我感到这把炮像铁制的一般沉重。

"好吗?孩子!"她笑眯着眼对我说,似乎在等着我高兴的表示。

本来我应该是高兴的,此刻却是另一种硬装出来的高兴。但我看得出,我这高兴的表示使她得到了多么大的满足啊!

六

我就是这样有生以来第一次、令人难忘地逛过了娘娘宫。那天回到家,急着向娘、姐姐和家中其他人,一遍又一遍讲述在娘娘宫的见闻,直说得嘴巴酸疼,待吃过饭,精神就支撑不住,歪在床上,手里抱着妈妈给买的那把"双响"和空竹香香甜甜地睡了。懵懵懂懂间觉得有人拍我的肩头,擦眼一看,妈妈站在床前,头发梳得光光,身上穿一件平日用屁股压得平平的新蓝布罩衫,臂肘间挎着一个印花的土布小包袱。她的眼睛通红,好像刚哭过,此刻却笑眯着眼看我。原来她要走了!屋里的光线已经变暗了。我这一觉睡得好长啊,几乎错过了与她告别的时刻。

我扯着她的衣襟，送她到了当院。她就要去了，我心里好像塞着一团委屈似的，待她一要走，我就像大河决口一般，索性大哭出来。家里人都来劝我，一边向妈妈打手势，叫她乘机快走。妈妈却抽抽噎噎地对我说：

"妈妈给你买的'双响'呢？你拿一个来，妈妈给你放一个；崩崩邪气，过个好年……"

我拿一个"双响"给她。她把这"双响"放在地上，然后从怀里摸出一盒火柴划着火去点药捻。院里风大，火柴一着就灭，她便划着火柴，双手拢着火苗，凑上前，猫下腰去点药捻。哪知这药捻着得这么快，不知是谁叫了一声"当心"，这话音才落，通！通！连着两响。烟腾火苗间，妈妈不及躲闪，炮就打在她脸上。她双手紧紧捂住脸。大家吓坏了，以为她炸了眼睛。她慢慢直起身，放下双手，所幸的是没炸坏眼，却把前额崩得一大块黑。我哭了起来。

妈妈拿出块帕子抹抹前额，黑烟抹净，却已鼓出一个栗子大小的硬疙瘩。家里人忙拿来"万金油"给她涂在疙瘩处，那疙瘩便愈发显得亮而明显了。妈妈眯着笑眼对我说：

"别哭，孩子，这一下，妈妈身上的晦气也给崩跑了！"

我看得出这是一种勉强的、苦味的笑。

她就这样去了。挎着那小土布包袱、顶着那栗子大小的鼓鼓的疙瘩去了。多年来，这疙瘩一直留在我心上，一想就心疼，挖也挖不掉。

她说她"过了年就回来"，但这一去就没再来。听说她丈夫瞎了双眼，她再不能出来做事了。从此，一面也不得见，音讯也渐渐寥寥。我十五岁那年，正是大年三十，外边鞭炮正响得热闹，屋里却到处能闻到火药燃烧后的香味。家里人忽叫我到院里看一件东西。我打着灯笼去看，挨着院墙根放着一个荆条编的小箩筐。家里人告诉我，这是我妈妈托人从乡下捎给我的。我听了，心儿陡然地跳快了，忙打开筐盖，用灯一照，原来是个又白又肥的大猪头，两扇大耳，粗粗的鼻子，脑门上点了一个枣儿大的红点儿，可爱极了……看到这里，我不觉抬起头来，仰望着在万家灯火的辉映中反而显得暗淡了的寒空，心儿好像一下子从身上飞走，飞啊，飞啊，飞到我那遥远的乡下的老妈妈的身边，扑在她那温暖的怀中，叫着：

"妈妈，妈妈，你可好吗？"

贺兰人的唱灯影子

一个唐代的罐子放了上千年，如果不碰它，总还是那个样子不会变；可是一种戏一种舞一种民俗艺术就不一样了，甭说千年，就是经过百八十年，因时而变因人而变因习尚而变，就像女大十八变那样不断地改变，甚至会变得面目全非，你说京剧、时调、年画、清明节近百年有多大的变化？这便是物质与非物质文化遗产最大的不同。物质遗产是静态的，非物质遗产是动态的，传承的，嬗变的。在这动态的演变过程中，对其影响最直接的是传人。

传承人最大的特点是水平有高有低。如果这一代艺人禀赋高，悟性好，甚至还有创造性，家传的技艺便被发扬光大；如果下一代天赋低，悟性差，缺少才气，水准便一下子滑坡滑下来。有些地方的民间艺术尽管名气挺大，一看却颇平庸，便是此理。为此，看各种民间艺术当下的水准，也是我重要的考察点之一。由此而言，如今贺兰人的皮影——唱灯影子就叫我喜出望外了。

我国的皮影遍及各地，唱腔各异，材料不同，各有各的称呼。诸如北京的"纸窗影"、湖南的"影子戏"、福建的"皮猴戏"、甘肃陇原的"牛窑戏"、黄河流域的"驴皮影"等；宁夏的贺兰人则叫它"唱灯影子"。这"唱灯影子"的叫法非常形象。首先是"唱"，戏是唱出来的，"唱"就演戏；然后是"灯影子"，皮影戏不是人直接演的，而是借助灯光把羊皮或驴皮雕刻的戏人照在布单上的影子来演。瞧，贺兰人多干脆，用"唱灯影子"四个字儿就把它说得明明白白。

皮影的表演有在室内也有在室外。皮影要用灯光，在室外必须要等到天黑下来才能演；室内就好办了，不管什么时候，只要拿东西遮住窗子，再吊一条白被单（一称布幕，贺兰人称之为"亮子"），后边使光一照，便可开演。看戏的人坐在布幕前边，演戏的人在布幕后边。

演皮影戏的人不算少，拉弦、操琴、司鼓、吹号、碰铃、伴唱等，至少得七八个人一同忙。但主角是站在布幕后边正中央的"师傅"。他主说主唱，两只手一刻不停地耍着皮影，同时兼演全戏所有角色。戏的好坏全看他的了。

我每次看皮影，都要跑到布幕后边瞧上几眼。因为那些在布幕上神出鬼没、又哭又笑的灯影子都是在后边耍弄出来的。严严实实的布幕后边总是充满了神秘感，给我以极大的诱惑。

今儿主演这台戏的师傅是贺兰县无人不知的金贵镇潘昶乡的张进绪，所演的戏目叫作《王翦平六国》，说的是秦代名将王翦辅助秦始皇横扫六国、统一天下的故事。这个故事现今很少有人知道，是张进绪从他父亲张维秀手里原原本本接过来的。张维秀在三十多年前就已去世，如今张进绪也是六十开外。个子矮矮，灰衣皂裤，头扣小帽，神色平和；然而他往布幕后边一站，立时好像长了身个儿，一员大将似的，气度不凡。

布幕后边的地界挺小，不足一丈见方，叫拉琴击鼓的乐队坐得密不透风。布幕下边是一条长案，摆着各种道具；其余三面使竹竿扎成的架子，横杆上挂了一圈花花绿绿、镂空挖花的皮影人。张进绪这些皮影人儿和全套的乐器，都是祖上一代代传下来的老物件，摆在那儿，有股子唯老东西才有的肃穆又珍贵的气息。尤其这上百个皮影人，生旦净丑，一概全有。好似人间众生，都挂在那里等候出场。但它们不是被无序或随意挂在那里的，而是依照着出场的前后排次有序。别看它们面无表情，神色木然，只要给张进绪摘下来在布幕前一耍，再配上锣鼓唢呐，以及那种又有秦腔又有道情又有当地的山花的腔调，便立时声情并茂地活蹦乱跳、眉飞色舞,活了起来。

身材矮小的张进绪一旦入戏,便有股子霸气,好似天下事的兴衰、戏中人的祸福,全由他来主宰。后台是他的舞台。他略带沙哑的嗓子又唱又说又喊又叫,两只手把一桌子的皮影折腾得飞来飞去。看他的表情真像站在台上唱戏演戏一般,给我以强烈的感染。但在布幕那一边,却早化成戏中一个个性情各异的灯影子了。

我回到布幕前边,坐下来细细品赏,便看出他演唱的高超。他不单唱得味儿如醇酒,大西北的苍劲中,兼有黄河滋育的柔和;那些灯影子的举手投足,则无不鲜活灵动,神采飞扬,而且居然能随着说唱和音乐的节奏,摇肩晃脑,挺胸收腹;甚至连同手指头也随之顿挫有致。一时觉得,这唱不是张进绪唱,分明是灯影子在唱。于是,灯影、乐声和剧情浑然一体。如今的贺兰还有多少人有这种功夫?

据说,此地的皮影是一百多年前由一位名叫赵小卓的满族人从陕西带到宁夏来的,后来由贺兰县几位颇具才情的村民接过衣钵,继承发扬,在皮影制作、演唱风格上融入本地的文化与气质,深受百姓热爱。昔时,交通不便,钱太少,戏班子很难深入到穷乡僻壤。老百姓使用这种简朴又优美的影戏自演和自娱。这应是一种原始的"影视艺术"。这种"唱灯影子"不单在贺兰县这一带扎下根，成了气候，影响还远及银南、隆德、盐池和内蒙古鄂托克旗等地。据说，当时传承赵小卓皮影戏的有刘派（刘有子）和张派（张维秀）两家。但刘派后继无人，人亡而歌息；张派却传了下来。难得的是今儿的传人张进绪的禀赋依然很高，又深爱这门古艺，所有家传皮影和演奏器具都好端端保存至今。时下，逢到各乡各村举办节庆或喜事的时候，都会请他去演出助兴。届时，他弟弟、妹妹、孩子全是伴唱奏乐的成员。如今这种家庭化的影戏班子，已经非常罕见，传承人的水平又如此之高，真叫我们视如珍宝了。

于是，我扭头对坐在身边的贺兰县的县长低声建议，要全力保护好张家的皮影戏。一是要在经济上贴补传承人的后代，保证其薪火不断。二是设法将张家的老皮影保存起来。演出使用的皮影，可以到陕西华县按照本地的老样子定制一批新的。希望县里考虑给张氏皮影建个小小的博物馆，保存和见证贺兰人"唱灯影子"的传统。三是为张家皮影多创造一些演出机会，使其保持活态。四是把皮影送进当地学校，送进课堂，培养孩子们的乡土文化情感。

话说到这里，忽见白晃晃布幕上，秦将王翦向敌军首领掷出手中宝剑。这宝剑闪着寒光，在布幕上飞来飞去。一时，锣鼓声疾，唱腔声切，气氛颇是紧张与急迫，忽然哐的一响，飞剑穿透敌首脖颈，顿时身首异处，插着宝剑的首级在空中停了一下，然后"啪"地掉在地上。这一幕可谓触目惊心。满屋看客都不禁叫好。我忽然想到：

这么好的贺兰人的唱灯影子，可千万别只叫我们这代人看到。

草原深处的剪花娘子

车子驶出呼和浩特一直向南,向南,直到车前的挡风玻璃上出现一片连绵起伏、其势凶险的山影,那便是当年晋人"走西口"去往塞外的必经之地——杀虎口。不能再往南了,否则要开进山西了。于是打轮向左,从一片广袤的大草地渐渐走进低缓的丘陵地带。草原上的丘陵实际上是些隆起的草地,一些窑洞深深嵌在这草坡下边。看到这些窑洞我激动起来,我知道一些天才的剪花娘子就藏在这片荒僻的大地深处。

这里就是出名的和林格尔。几年前,一位来自和林格尔的蒙古族人跑到天津请我为他们的剪纸之乡题字时,头一次见到这里的剪纸,尤其是百岁剪纸老人张笑花的作品,即刻受到一种酣畅的审美震撼,一种率真而质朴的天性的感染。为此,我们邀请和林格尔剪纸艺术的后起之秀兼学者段建珺先主持这里剪纸的田野普查,着手建立文化档案。昨天,在北京开会后,驰车到达呼和浩特的当晚,段建珺就来访,并把他在和林格尔草原上收集到的数千幅剪纸放在手推车上推进我的房间。

在民间的快乐总是不期而至。谁料到在这浩如烟海的剪纸里会撞上一位剪花娘子极其神奇、叫我眼睛一亮的作品。这位剪纸娘子不是张笑花，张笑花已于去年辞世。然而老实说，她比张笑花老人的剪纸更粗犷、更简朴、更具草原气息；特别是那种强烈的生命感及其快乐的天性一下子便把我征服。民间艺术是直观的，不需要煞费苦心的解读，它是生命之花，真率地表现着生命的情感与光鲜。我注意到，她的剪纸很少故事性的历史内容，只在一些风俗剪纸中赋予一些意味；其余全是牛马羊鸡狗兔鸟鱼花树蔬果以及农家生产生活等身边最寻常的事物。那么它们因何具有如此强大的艺术冲击力？于是这位不知名的剪花娘子像谜一样叫我去猜想。

再看，她的剪纸很特别，有点像欧洲十八、十九世纪盛行的剪影。这种剪影中间很少镂空，整体性强，基本上靠着轮廓来表现事物的特征，所以欧洲的剪影多是写实的。然而，这位和林格尔的剪花娘子在轮廓上并不追求写实的准确性，而是使用夸张、写意、变形、想象，使物象生动浪漫，其妙无穷。再加上极度的简约与形式感，她的剪纸反倒有一种现代意味呢。

"她的每一个图样都可以印在T恤衫或茶具上，保准特别美！"与我同来的一位从事平面设计的艺术家说。

这位剪花娘子到底是怎样一个人，她生活在文化比较开放的县城，还常看电视，不然草原上的一位妇女怎么会有如此高超的审美与现代精神？这些想法，迫使我非要去拜访这位不可思议的剪花娘子不可。

车子走着走着，便发现这位剪花娘子竟然住在草原深处的很荒凉的一片丘陵地带。她的家在一个叫羊群沟的地方。头天下过一场雨，道路泥泞，无法进去，段建珺便把她接到挨近公路的大红城乡三祺天子村远房的妹妹家。这家也住在窑洞里，外边一道干打垒筑成的土院墙，拱形的窑洞低矮又亲切。其实，这种窑洞与山西的窑洞大同小异。不同的是，山西的窑洞是从厚厚的黄土山壁上挖出来的，草原的窑洞则是在突起的草坡下掏出来的，自然也就没有山西的窑洞高大。可是低头往窑洞里一钻即刻有一种安全又温馨的感觉，并置身于这块土地特有的生活中。

剪花娘子一眼看去就是位健朗的乡间老太太。瘦高的身子，大手大脚，七十多岁，名叫康枝儿，山西忻州人。她和这里许多乡村妇女一样是随夫迁往或嫁到草原上来的。她的模样一看就是山西人，脸上的皮肤却给草原上常年毫无遮拦的干燥的风吹得又硬又亮。她一手剪纸是自小在山西时从她姥爷那里学来的。那是一种地道的晋地的乡土风格。然而经过半个世纪漫长的草原生涯，和林格尔独有的气质便不知不觉潜入她手里的剪刀中。

和林格尔地处北方游牧文化与中原农耕文化的交会处。在大草原上，无论是匈奴鲜卑还是契丹和蒙古族，都有以雕镂金属皮革为饰的传统。当迁徙到塞外的内地民族把纸质的剪纸带进草原，这里的浩瀚无涯的天地，马背上奔放剽悍的生活，伴随豪饮的炽烈的情感，不拘小节的爽直的集体性格，就渐渐把来自中原剪纸的灵魂置换出去。但谁想到，这数百年成就了和林格尔剪纸艺术的历史过程，竟神奇地浓缩到这位剪花娘子康枝儿的身上。

她盘腿坐在炕上。手中的剪刀是平时用来裁衣剪布的，粗大沉重，足有一尺长，看上去像铆在一起的两把杀牛刀。然而这样一件"重型武器"在她手中却变得格外灵巧。一沓裁成方块状普普通通的大红纸放在身边。她想起什么或说起什么，顺手就从身边抓起一张红纸剪起来。她剪的都是她熟悉的，或是她的想象的，而熟悉的也加进自己的想象。她不用笔在纸上打稿，也不重样。所有形象好像都在纸上或剪刀中，其实是在她心里。她边剪边聊生活的闲话，也聊她手中一点点剪出的事物。当一位同来的伙伴说自己属羊，请她剪一只羊，她笑嘻嘻打趣说："母羊呀骚胡？"眼看着一头眯着小眼的母羊就从她的大剪刀中活脱脱地"走"出来。看得出来,在剪纸过程中,她最留心的是这些剪纸生命表现在轮廓上的形态、姿态和神态。她不用剪纸中最常见的锯齿纹,不刻意也不雕琢,最多用几个"月牙儿"(月牙纹),表现眼睛呀,嘴巴呀,层次呀,好给大块的纸透透气儿。她的简练达到极致,似乎像马蒂斯那样只留住生命的躯干,不要任何枝节。于是她剪刀下的生命都是原始的、本质的,膨脖又结实,充溢着张力。横亘在内蒙古草原上数百公里的远古人的阴山岩画,都是这样表现生命的。

她边聊边剪边说笑话,不多时候,剪出的各种形象已经放满她的周围。这时,一个很怪异的形象在她的笨重的剪刀中出现了。拿过一看,竟是一只大鸟,瞪着双眼向前飞,中间很大一个头,却没有身子和翅膀,只有几根粗大又柔软的羽毛有力地扇着空气。诡谲又生动,好似一个强大的生命或神灵从远古飞到今天。我问她为什么剪出这样一只鸟。她却反问我:"还能咋样?"

于是她心中特有的生命精神和美感,叫我感觉到了。她没有像我们都市中的大艺术家们搜出枯肠去变形变态,刻意制造出各种怪头怪脸设法"惊世骇俗"。她的艺术生命是天生的、自然的、本质的,也是不可思议的。这生命的神奇来自她的天性。她不想在市场上创造价格奇迹，更不懂得利用媒体，千古以来，一直都是把这些随手又随心剪出的活脱脱的形象贴在炕边的墙壁或窑洞的墙上，自娱或娱人。没有市场霸权制约的艺术才是真正自由的艺术。这不就是民间艺术的魅力吗？她们不就是真正的艺术天才吗？

然而，这些天才散布并埋没在大地山川之间。就像契诃夫在《草原》所写的那些无名的野草野花。它们天天创造着生命的奇迹和无尽的美，却不为人知，一代一代，默默地生长、开放与消亡。那么，到了农耕文明在历史大舞台的演出接近尾声时，我们只是等待着大幕垂落吗？在我们对她们一无所知时就忘却她们？我的车子渐渐离开这草原深处，离开这些真正默默无闻的人间天才，我心里的决定却愈来愈坚决：为这草原上的剪花娘子康枝儿印一本画册，让更多人看到她、知道她。一定！

谜

大概是我九岁那年的晚秋，因为穿着很薄的衣服在院里跑着玩，跑得一身汗，又站在胡同口去看一个疯子，拍了风，病倒了。病得还不轻呢！面颊烧得火辣辣的，脑袋晃晃悠悠，不想吃东西，怕光，尤其受不住别人嗡嗡出声地说话……

妈妈就在外屋给我架一张床，床前的茶几上摆了几瓶味苦难吃的药，还有与其恰恰相反，挺好吃的甜点心和一些很大的梨。妈妈用手绢遮在灯罩上，嗯，真好！灯光细密的针芒再不来逼刺我的眼睛了，同时把一些奇形怪状的影子映在四壁上。为什么精神颓萎的人竟贪享一般地感到昏暗才舒服呢？

我和妈妈住的那间房有扇门通着。该入睡时，妈妈披一条薄毯来问我还难受不，想吃什么，然后，她俯下身来，用她很凉的前额抵一抵我的头，那垂下来的毯边的丝穗弄得我的肩膀怪痒的。"还有点烧，谢天谢地，好多了……"她说。在半明半暗的灯光里，妈妈朦胧而温柔的脸上现出爱抚和舒心的微笑。

最后,她扶我吃了药,给我盖了被子,就回屋去睡了。只剩下我自己了。

我一时睡不着,便胡思乱想起来。总想编个故事解解闷,但脑子里乱得很,好像一团乱线,抽不出一个可以清晰地思索下去的线头。白天留下的印象搅成一团:那个疯子可笑和可怕的样子总缠着我,不想不行;还有追猫呀,大笑呀,死蜻蜓呀,然后是哥哥打我,挨骂了,呕吐了,又是挨骂;鸡蛋汤冒着热气儿……穿白大褂的那个老头,拿着一个连在耳朵上的冰凉的小铁疙瘩,一个劲儿地在我胸脯上乱摁;后来我觉得脑子完全混乱,不听使唤,便什么也不去想,渐渐感到眼皮很重,昏沉沉中,觉得茶几上几只黄色的梨特别刺眼,灯光也讨厌得很,昏暗、无聊、没用,呆呆地照着。睡觉吧,我伸手把灯闭了。

黑了!霎时间好像一切都看不见了。怎么这么安静、这么舒服呀……

跟着,月光好像刚才一直在窗外窥探,此刻从没拉严的窗帘的缝隙里钻了进来,碰到药瓶上、瓷盘上、铜门把手上,散发出淡淡发蓝的幽光。远处一家作坊的机器有节奏地响着,不一会儿也停下来了。偶尔,从很远很远的地方传来货轮的鸣笛声,声音沉闷而悠长……

灯光怎么使生活显得这么狭小，它只照亮身边；而夜，黑黑的，却顿时把天地变得如此广阔、无限深长呢？

我那个年龄并不懂得这些。思索只是简单、即时和短距离的；忧愁和烦恼还从未有趁着夜静和孤独悄悄爬进我的心里。我只觉得这黑夜中的天地神秘极了，浑然一气，深不可测，浩无际涯；我呢，这么小，无依无靠，孤孤单单；这黑洞洞的世界仿佛要吞掉我似的。这时，我感到身下的床没了，屋子没了，地面也没了，四处皆空，一切都无影无踪；自己恍惚悬在天上了，躺在软绵绵的云彩上……周围那样旷阔，一片无穷无尽的透明的乌蓝色，这云也是乌蓝乌蓝的；远远近近还忽隐忽现地闪烁着星星般五光十色的亮点儿……

这天究竟有多大，它总得有个尽头呀？哪里是边？那个边的外面是什么？又有多大？再外边……难道它竟无边无际吗？相比之下，我们多么小。我们又是谁？这么活着，喘气、眨眼，我到底是谁呀！

我伸手摸摸自己的脸、鼻子、嘴唇，觉得陌生又离奇，挺怪似的……这究竟是怎么回事？

我是从哪儿来的？从前我在哪里？什么样子？我怎么成为现在这个我的？将来又怎么样？长大，像爸爸那么高，做事……再大，最后呢？老了。老了以后呢？这时我想起妈妈说过的一句话："谁都得老，都得死的。"

死？这是个多么熟悉的字眼呀！怎么以前我就从来没想过它意味着什么呢？死究竟意味着什么？像爷爷，像从前门口卖糖葫芦那个老婆婆，闭上眼，不能说话，一动不动，好似睡着了一样。可是大家哭得那么伤心，到底还是把他们埋在地下了。为什么要把他们埋起来？他们不就永远也不能说话，也不能动，永远躺在厚厚的土地下了？难道就因为他们死了吗？忽然，我感到一阵死的神秘、阴冷和可怕，觉得周身就仿佛散出凉气来。

于是，哥哥那本没皮儿的画报里脸上长毛的那个怪物出现了，跟着是白天那只死蜻蜓，随时想起来都吓人的鬼故事；跟着，胡同口的那个疯子朝我走来了……黑暗中，出现许多爷爷那样的眼睛，大大小小，紧闭着，眼皮还在鬼鬼祟祟地颤动着，好像要突然睁开，瞪起怕人的眼珠儿来……

我害怕了，已从将要入睡的懵懂中完全清醒过来了。我想——将来，我也要死的，也会被人埋在地下，这世界就不再有我了。我也就再不能像现在这样踢球呀，做游戏呀，捉蟋蟀呀，看马戏时吃那种特别酸的红果片呀……还有有时去舅舅家看那个总关得严严实实的迷人的大黑柜，逗那条瘸腿狗，到那乱七八糟、杂物堆积的后院去翻找"宝贝"……而且再也不能"过年"

了，那样地熬夜、拜年、放烟火、攒压岁钱；表哥把点着的鞭炮扔进鸡窝去，吓得鸡像鸟儿一样飞到半空中，乐得我喘不过气来；我们还瞒着妈妈去野坑边钓鱼，钓来一条又黄又丑的大鱼，给馋嘴的猫咪咪饱餐了一顿；下雨的晚上，和表哥躺在被窝里，看窗外打着亮闪，响着大雷……活着有多少快活的事，死了就完了。那时，表哥呢？妹妹呢？爸爸妈妈呢？他们都会死吗？他们知道吗？怎么也不害怕呀？我们能够不死吗？活着有多好！大家都好好活着，谁也不死。可是，可是不行啊……"谁都得老，都得死的。"死，这时就像拥有无限威力似的，而且严酷无情。在它面前，我那么无力，哀求也没用，大家都一样，只有顺从，听摆布，等着它最终的来临……想到这里，尤其是想到妈妈，我的心简直冷得发抖。

妈妈将来也会死吗？她比我大，会先老，先死的。她就再不能爱我了，不能像现在这样，脸挨着脸，搂我，亲我……她的笑，她的声音，她柔软而暖和的手，她整个人，在将来某一天就会一下子永远消失了吗？她会有多少话想说，却不能说，我也就永远无法听到了；她再看不见我，我的一切她也不再会知道。如果那时我有话要告诉她呢？到哪儿去找她？她也得被埋在地下吗？土地，坚硬、潮湿、冷冰冰的……我真怕极了。先是伤心、难过、流泪,而后愈想愈加心虚害怕,急得蹬起被子来。趁妈妈活着的时光,我要赶紧爱她,听她的话,不惹她生气,只做让大家和妈妈高兴的事。哪怕她还骂我,我也要爱她,快爱,多爱;我就要起来跑到她房里,紧紧搂住她……

四周黑极了,这一切太怕人了。我要拉开灯,但抓不着灯线,慌乱的手碰到茶几上的药瓶。我便失声哭叫起来:"妈妈,妈妈……"

灯忽然亮了。妈妈就站在床前。她莫名其妙地看着我:"怎么,做噩梦了?别怕……孩子,别怕。"

她俯身又用前额抵一抵我的头。这回她的前额不凉,反而挺热的了。"好了,烧退了。"她宽心而温柔地笑着。

刚才的恐怖感还没离开我。这是怎么回事?我茫然地望着她,有种异样的感觉。一时,我很冲动,要去拥抱她,但只微微挺起胸脯,脑袋却像灌了铅似的沉重,刚刚离开枕头,又坠倒在床上。

"做什么?你刚好,当心再着凉。"她说着便坐在我床边,紧挨着我,安静地望着我,一直在微笑,并用她暖和的手抚弄我的脸颊和头发。"你刚才是不是做噩梦了?听你喊的声音好大哪!"

"不是,……我想了……将来,不,我……"我想把刚才所想的事情告诉给妈妈，但不知为什么，竟然无法说出来。是不是担心说出来，她知道后也要害怕的？那是件多么可怕的事啊！

"得了，别说了，疯了一天了，快睡吧！明天病就全好了……"

昏暗的灯光静静地照着床前的药瓶、点心和黄色的梨，照着妈妈无言而含笑的脸。她拉着我的手，我便不由得把她的手握得紧紧的……

我再不敢想那些可怕又莫解的事了。但愿世界上根本没有那种事。

栖息在邻院大树上的乌鸦不知为何缘故，含糊不清地咕囔一阵子，又静下去了。被月光照得微明的窗帘上走过一只猫的影子。渐渐的，一切都静止了，模糊了，淡远了，融化了，变成一团无形的、流动的、软软而迷漫的烟。我不知不觉便睡着了。

一个深奥而难解的谜，从那个夜晚便悄悄留存在我的心里。后来我才知道，这是我最初的思索人生。

小雨入端午

今日进入端午假日，醒来很早，起身坐在我的"心居"，身闲气舒意定神足。我这心居，不是斋号，乃是在阳台一角搭个棚屋，屋里屋外栽些花草藤蔓，屋间放置老家的绿茶、好吃的零食、有弹性的藤椅和心爱的木狮铁佛陶罐石砚等。这是一己的私人角落。平日在外边跑累了，回来坐在这里聚聚气力，抑或有什么未了的思考，便到这里舒展一下脑袋里的翅膀。

今日，我特意在那个木雕花架上挂了几件艳丽五彩的小物件——丝线粽子。这种端午特有的吉祥小品，给花架上青翠又蓬松的蜈蚣草一衬，端午的气息油然而生。其实，过这种古老的节日，不必太刻意表达什么深刻的精神内涵，随性而自然地享受一下传统情味就是了。

小雨从昨晚就来到我的城市里，此刻依旧未走。雨太小，看不到零零落落的雨点，却见屋外边绿叶被雨点敲得一动一动。

眼瞧着这优美地悬垂着的丝线粽子，悠悠地想起一件相关的老事：

念小学的时候，每逢端午佳节，都是班上同学们缠丝线粽子的一次热潮。大家先用硬纸叠成小小的粽子壳，然后使五彩丝线一道道缠起来，缠的过程中不断改变颜色，最后缠成一个个五彩纷呈却各不相同的小粽子来。这原本是课堂上老师教的一种节日手工，由于大家喜爱，课间休息时也缠，下课后不回家还缠。丝线粽子最大的魅力是，颜色完全任由自己搭配，所以每个人都想缠出一个特别又好看的丝线粽子，向别人显摆。于是，弄得教室满地都是彩色线头，做卫生可就费劲了，那些花花绿绿的小线头一扫全绕在扫帚上，得使好大劲才能摘干净。

缠粽子的丝线都是同学们从家里带来的。那时代母亲们在家都做针线，各色丝线家家都有，关键看谁配色

好，想法出奇。

我的班上有一个女生，叫徐又芳——那时的孩子名字都是三个字，大概与家族的字辈有关。记得她个子高，短发，衣着很旧。据说她家里穷，家里没有好看的丝线，就从地上拾别人扔的线头来缠；可是她心细手巧，虽然拾的线头很短，但缠出的粽子反而色彩十分复杂和丰富，斑斓又精细，超过了所有的人。我向她借一个拿回家给母亲看，母亲也连连称赞说，这种缠法要每缠一道线换一个颜色，太难了。我说她的线都很短，只能缠一道，因为她的线是从地上拾的。母亲说，这孩子太可怜了。便用一个木线轴缠了各色的丝线，叫我带给她。

要命的是那时我太不懂事。丰子恺说："孩子的目光是直线的。"其实孩子的一切都是直线的。转天我到班上，把线轴给她，真心对她说："我母亲说你太可怜了，叫我把这线给你。"

我以为她会高兴，谁料她脸色立刻变得很不好看，只说一句："我不要！"似乎很生气，转身就走，从此便不大搭理我了，一直到小学毕业各自东西；以后再没有见到她。这个带着对我的误解却无法接受我歉意的女孩如今在哪里？

我当时不明白她何以会那样气愤，后来明白了：

别人的自尊是绝不能伤害的。

哪怕是不经意的伤害。伤人自尊，那会是一种很深的伤害。

这事过了差不多六十年。虽然平时不会记起，但每逢端午悬挂丝线粽子时都会想起来。原来它深深地记在我的端午的情结里，一年一度提醒着我。

写到此处，小雨似停，天光渐明，外边的朱花碧草像洗过澡一样鲜亮。

空信箱

我的信箱挂在大门上，门板掏个长形的洞，信打外边塞进来。只要听邮递员"叮叮"一拨车铃，马上跑去打开，一封信悄然沉静地立在箱子里。天蓝色的信封像一块天空，牛皮纸褐色的信封像一片泥板，沉甸甸。扯开信时的心情总是急渴渴，不知里边装着是意外是倾诉是愁苦是体贴是欢愉是求助，或是火一样的恋情烟一样的思绪带子一样扯不断的思念。天南地北海角天涯朋友们的行踪消息全靠它了。

有时等信等得好苦，一天几次去打开它，总以为错过邮递员的铃，打开却是空的。我最怕它空空洞洞冷冷清清的样子。我的院墙高，门也高，阳光跨不进来，外边世界的兴衰枯荣常常由它告诉我；打开信箱，里边有时是几团柳絮几片落花几个干卷的叶子，还有洁白的雪深暗的雨点。它们是从投信孔钻进来的。有时随着开门的气流，几朵蒲公英的种子"噗"地毛茸茸地扑在脸上，然后飘飘摇摇飞升，在高高的阳光里闪着，有如银羽。目光便随它投向淡淡的天，亮亮的云。春天也到达我塞外朋友那里了吧，我陷入一片温馨的痴想……

它是拿几块木板草草钉上的，没涂漆，日晒雨淋，到处开裂，但没有任何箱子比它盛得更多。

它是我生活的一部分，也就是我心的一部分。

用心生活是累人的，但唯此才幸福。

大灾难把我这部分扯去。信箱的门儿叫一个无知的孩子掰掉。箱子的四边像个方木框残留那里。一连几个月等不到邮递员铃的召唤，朋友们的命运都会碰到什么？

我这才懂得，心不相连人极远。

它空在那儿，似乎比我还空。

可是……奇迹出现了。一天天暮，夕阳打投信孔照进来。我院子头一次有阳光。先是在长条形洞孔迷蒙灿烂地流连一会儿，便落到墙角，向着最暗最潮最阴冷的地方，把满地青苔照得鲜碧如洗，俯下身看，好像一片清晰雨后的草原，极美。随后这光就沿着墙根一条砖一条砖往上爬，直爬到第五条砖，停住，几只蚂蚁也停在那里默默享受这世界最后的暖意和光明。不知不觉这光变得渐细渐淡直到无声无息地熄灭。整个信箱变成一块方形的黑影。盯着它看，就会一直走进空无一物的宇宙。

蜘蛛开始在信箱里拉网了,上下左右,横来斜去,它们何以这样放胆在这儿安家?天一凉,秋叶钻进来,落在蛛网上。金色的船,银色的渔网,一层网一层船,原来寂寞也会创造诗。诗人从来不会创造寂寞。

忽然一天,"叮叮",我心一亮,邮递员,信!

跑出去,远远就见白白的一封信稳稳竖在箱中。过去一捏,厚厚的,千言万语,一个几次梦到的朋友寄来的。一拿,却有股微微的力往回扯,是黏黏带点韧劲的蛛丝。再拉,蛛丝没断却拉得又长又直,极亮,还微微抖颤,上边船形的黄叶子全在一斜一直、一直一斜来回扭动。一如五线谱上甜蜜的旋律,无声地响起来……

昨夜我忽然梦到这许久以前的情景,一条条长长的亮闪闪的蛛丝,来回扭动的黄叶子,我梦得好逼真,连拉蛛丝时那股子韧劲都感觉到了。心里有点奇怪,可我断言这是我有生以来最美的一个梦境。

书桌（节选）

我有张小小的书桌。它又窄又矮，破旧极了。在外人眼里简直不成样子。上边的漆成片地剥落下来，残余的漆色变得晦暗发黑，连我自己都认不准它最初是什么颜色。桌面又满是划痕、硬伤，还有热水杯烫成的一个个套起来的深深浅浅的白圈儿。它一边只有三个小抽屉，抽屉的把手早不是原套了。一个是从破箱子上移来的铜把手，另两个是后钉上去的硬木条。别看它这副模样，三十年来，却一直放在我的窗前，我房间透进光来的地方。我搬过几次家，换过几件家具，但从来没有想到处理掉它……

"这么难看还要它干吗？要是我早劈掉生火了！"

"它又不实用。你这么大人将就这样一个小桌子，早晚得驼背！"

"你怎么就是不肯扔掉这破玩意儿。难道它是件宝？你说呀……"

我笑而不答。那淡淡的笑意里包含着任何知己都难以理解、难以体会到的一种，一种……一种什么呢？

没有共同的经历就不会有同感。有时，同感能发挥出非常奇妙的作用，它能成为两颗心相融的最短、最直接的通道。如果没有同感，说它做什么？还不如独自一人到树林里，踩着落叶，自己对自己默默地说它一阵子，排遣出来，倒是一种慰安。

我无法想起，究竟是什么时候，我开始使用这小桌的。我只模模糊糊记得，最初，我是站在它前面写写画画，而不是坐着。待我要坐下时，屁股下边必须垫上书包、枕头或一大沓画报，才能够得上桌面……

记忆里，幼时的事，都是穿不成串儿的珠子。这珠子却在记忆的深井的底儿滴溜溜、闪闪发光地打转，很难抓住它们——

我把"人"字总误写成"入"字，就在这桌上吧！

我一排排地晾干弹弓子用的小泥球儿，就在这桌上吧！

我在小木板上钉钉子，就在这桌上吧！

对，就在这儿。桌面上原来有一块能够照见自己脸儿的光光的玻璃板，给我钉钉子时打碎了——这件事我可记得清清楚楚，为此我还挨爸爸一通好打呢！也许打得太疼，我才记得十分牢。但过后我一点也不后悔。因为，从此我做过的、经历过的、经受过的许许多多的事，都在这没有玻璃板保护的桌面上留下了痕迹。

桌面上净是些小瘪坑。有的坑儿挺深，像个洞眼，蚂蚁爬到那儿，得停一下，迟疑片刻，最后绕过去……细细瞧吧，还满是划痕呢，横竖歪斜，有的深，如一道沟；有的轻浅；还有的比蛛丝还细。这细细的印痕，是不是当初刮铅笔尖留下的？那一条条长长的道道儿，是不是随意用指甲划上去的？那儿黑糊糊的一块儿，是不是过年做灯笼烤弯竹条时碰倒了蜡烛烧的？分辨不清了，原因不明了，全搅在一起了。这中间还混着许多字迹，钢笔的、铅笔的、墨笔的，还有用什么硬东西刻上去的。也有画上去的形象，有的完整，有的破碎——一只靴子啦，枪啦，一张侧面脸啦，这是不是我的自画像？年深日久，早都给磨得模糊一片。痕迹斑驳的桌面，有如一块风化得相当厉害、漫漶不清的碑石。

但我从中细心查辨，也能认出某些痕迹的来由，想起这里边包含着的、只有我才知道的故事，并联想到与此有关或无关的、早已融进往昔岁月中的童年生活。

为此，我很少用湿布去拭抹它。

只有一次例外。那是我上小学四年级时。我前排坐着一个女同学，十分瘦弱。她年龄与我一般大，个子却比我矮一头。两条短短的黄辫儿，简直是两根麻绳头。

一天，上语文课，我没听讲，却悄悄把眼前的两条黄辫子拴在这女同学的椅子背儿上。正巧老师叫她回答问题，她一起身，拴住的辫子扯得她头痛得大叫。我的语文老师姓李，瘦削的脸满是黑胡碴，连脸颊上都是。一副黑边的近视镜遮住他的眼神，使我头次见到他时以为他挺凶，其实他温和极了。他对我们调皮的忍耐限度比别的老师都大。但不知为什么，那天他好厉害，把我一把拉到课堂前，叫我伸出双手，狠狠打了十多板子。他真生气呢！气呼呼地直喘，什么话也说不出来了，只指着门瞪圆眼对我吼道："走！快走！"我离开了课堂，一路跑回家。我手疼倒没什么，但当众挨打受罚，我的自尊心受不了。于是，我眼泪汪汪地在桌上写了"李老师是狗！"几个字。我写得那么痛快和解气，好像这几个字给我报了什么"仇"似的。这几个字就相当威风地在我桌上保留了好长时间。

在表的嘀嗒声中，在上下课的铃声中，在雨和雪轮番交替地敲打窗子声中，我长大起来，事也懂得多了。桌上那几个字却不那么神气了。反而怕被人瞧见，似乎成了一种不光彩、甚至是耻辱的污迹，我带着一种说不清是对李老师，还是对长大后再也遇不到的那个瘦弱的女同学的愧疚心情，用手巾尖儿蘸些水使劲把这几个字抹下去。

真奇怪！字儿抹掉了，好像心里干净了一些。

我上了中学，毕业了，参加了工作。我的许多事，写信、写文章、画画、吃东西，做些什么零七八碎的事都在这桌上，它一直伴随着我。

但它在我长大起来的身躯前，渐渐显得矮小，不合用了；而且用久了，愈来愈破旧，在后来买进来的新家具中间，显得寒碜和过时。它似乎老了，早完成了使命，在人世间物换星移的常规里等待着接受取代。

有一天我画画。画幅大，桌面小。不得不把一半画纸垂到桌下，先画铺在桌面上的一半；待画得差不多时，再拉上纸来画另一半。这样就很难照顾到画面的整体感，我画得那么别扭，真急了，止不住愤愤地骂道：

"真该死，这破桌子！"

它听着，不吭一声。我画好了画儿，张挂起来；画面却意外地好。我十分快活，早把桌子忘在一旁。它呢？依然默默旁立。它就是这样与我为伴，好像我不抛掉它，它就一心而从无二意地跟随着我。是不是由于它仅仅是无生命的物品，我从未把它作为一只小猫、小鸟、小兔那样的伴侣？但是，小兔死了，小猫跑了，小鸟飞了，它却不声不响地有心地记下我生活经历过的许多酸甜苦辣，并顺从地任我做任何有损于它的事。当一次，我听说自己遭遇不幸，是因为被一位多年来与我非常要好的朋友出卖时，我忍受不住，发疯似的猛地一拍桌面：

"啪！"

桌面上出现一条长长的裂缝；我那颗初入社会纯真的心上，也暗暗出现一条裂痕。它竟同我一样。

从此，我便不觉地爱护起它来了。

……

它就摆在我窗前。从窗子透进的光笼罩着它。我窗外是一棵大槐树的树冠。这树冠摇曳婆娑的影子总是和阳光一起投照在我这小小的桌面上。

每当这树冠的枝影间满是小小的黑点时，那是春天；黑点点儿则是大槐树初发的芽豆豆。这期间，偶尔还有一种俗名叫作"绿叶儿"的候鸟，在枝间伶俐地蹦跳的影子出现在桌面上。夏天来了，树影日浓，渐渐变成一块荫凉，密密实实地遮盖住我的小桌。等到那块厚厚的荫凉破碎了，透现出一些晃动着的阳光的斑点时，秋风还会把一两片变黄的叶子吹进窗；像几只金色的小船，落在我这如同无风的水面一般平光光的桌面上。随后该关窗子了，玻璃蒙上了薄薄的水蒸气。那片叶无存、光秃秃、只剩下枝丫的树影，便像一张朦胧模糊的大网，把我的小桌罩住……

我常常被这些情景弄得发呆。谁说它丑？它无用？它应当被丢弃？它有着任何华贵的物品都无法代替的风韵和诗意。在它的更深处，甚至还潜藏着思想。

尤其是在阴雨的日子里，乌云像拉上的厚帘子把窗户遮暗了，小桌变成黑影，很像一块浓雾里的礁石，黑黝黝的，沉默无语。忽然一道闪电把它整个照亮，它那桌面上反射着可怕的蓝色的电光。但在这一瞬间的强光里，它上边的一切痕迹都清晰地显现出来，留在这中间的往事一下子全都复活了……

我闭上眼，情愿被再现在幻觉中的往事深深地感动着。

我终于失去了它。

在地震中，塌落下来的屋顶把它压垮了。我的孩子正好躲在桌下，给它保护住了生命。它才是真正地为我献出了一切呢！等我从废墟中把它找出来，只是一堆碎木板、木条和木块了。我请来一个能干的木匠，想把它复原。木匠师傅瞅着它，抽着烟，最后摇了摇头。并且莫名其妙地瞧了我一眼，显然他不明白我何以有此意图——又不是复原一件破损的稀世古物。

它就这样在我的生活中没了。

我需要书桌，只得另买一张。新买的桌子宽大、实用、漆得锃亮，高矮也挺合适。我每每坐在这崭新却陌生的大书桌前，就觉得过去的一切像那不能再生的书桌一样，烟消云散，虚无缥缈，再也无从抓住似的……

我因此感到隐隐的忧伤。不由得想起几句话，却想不起是谁说的了：

"呵，生活，你真迷人……哪怕是久已过去的，也叫人割舍不得；哪怕是不幸的，也渐渐能化为深沉的诗。"

遵从生命

一位记者问我：

"你怎样分配写作和作画的时间？"

我说，我从来不分配，只听命于生命的需要，或者说遵从生命。他不明白，我告诉他：

写作时，我被文字淹没。一切想象中的形象和画面，还有情感乃至最细微的感觉，都必须"翻译"成文字符号，都必须寻觅到最恰如其分的文字代号。文字好比一种代用数码，我的脑袋便成了一本厚厚又沉重的字典。渐渐感到，语言不是一种沟通工具，而是交流的隔膜与障碍——一旦把脑袋里的想象与心中的感受化为文字，就很难通过这些文字找到最初那种形象的鲜活状态。同时，我还会被自己组织起来的情节、故事、人物的纠葛，牢牢困住，就像陷入坚硬的石阵中。每每这个时候，我就渴望从这些故事和文字的缝隙中钻出去，奔向绘画……

当我扑到画案前，挥毫把一片淋漓光彩的彩墨泼到纸上，它立即呈现出无穷的形象。莽原大漠，疾雨微霜，浓情淡意，幽思苦绪，一下子立见眼前。无须去搜寻文字，刻意描写，借助于比喻，一切全都有声有色、有光有影地迅速现于腕底。几根线条，带着或兴奋或哀伤或狂愤的情感；一块块水墨，真切切的是期待是缅怀是梦想。那些在文字中只能意会的内涵，在这里却能非常具体地看见。绘画性充满偶然性。愈是意外的艺术效果不期而至，绘画过程愈充满快感。从写作角度看，绘画是一种变幻想为现实、变瞬间为永恒的魔术。在绘画天地里，画家像一个法师，笔扫风至，墨放花开，法力无限，其乐无穷。可是，这样画下去，忽然某个时候会感到，那些难以描绘、难以用可视的形象来传达的事物与感受也要来困扰我。但这时只消撒开画笔，用一句话，就能透其精髓，奇妙又准确地表达出来，于是，我又自然而然地返回了写作。

所以我说，我在写作写到最充分时，便想画画；在作画作到最满足时，即渴望写作。好像爬山爬到峰顶时，纵入水潭游泳；在波浪中耗尽体力，便仰卧在滩头享受日晒与风吹。在树影里吟诗，到阳光里唱歌，站在空谷中呼喊。这是一种随心所欲、任意反复的选择，一种两极的占有，一种甜蜜的往返与运动。而这一切都任凭生命状态的左右，没有安排、计划与理性的支配，这便是我说的：遵从生命。

这位记者听罢惊奇地说，你的自我感觉似乎不错。

我说，为什么不，艺术家浸在艺术里，如同酒鬼泡在酒里，感觉当然良好。

画飞瀑记

这日，忽有莫名之豪情骤至，画兴随之勃发，展纸于案，但觉纸短，便扯过一幅八尺素白宣纸换上。伸手从笔筒中取一支长管大笔，此刻心中虽无任何形象，激荡情绪已到笔端，笔头随即强烈抖颤起来。转手一捅砚心，墨滴四溅，点点落到皎白纸面也全然不顾。然手中之笔已不听任于手，惊鸟一般陡地跳入水盂，一汪清水便被这墨笔扰得如乌云般翻滚涌动。眼前纸面，恍若疾风吹过，云皆横态，大江奔去，浪做斜姿；奔泻的笔墨随同这幻象一同呈现。

水墨大笔在纸的上端横向挥洒，即刻一片洪流潇然展开，看似万骏狂驰，瞬息而至。不待思索如何谋篇布局，笔管自动立起，向下劲扫数笔，顿时万马落崖，江河倒挂，水气冲来。不觉倒退几步，更有一阵冷雨扑面，不知是挥舞的水墨飞溅，还是一种逼真的幻觉所致。大水随笔倾下，长流百尺，一泻到底，极是畅快，心中块垒也被浇得净尽。水落深谷，腾龙跃蛟，崩云卷雪，耳边已响起一阵如雷般的轰鸣。继而，换一支羊毫大笔，饱蘸清水淡墨，亦我绵绵情意，化浪花为湿雾，化浓霭为轻烟，默然飞动，舒漫流散。更有云烟飞升，萦绕于危崖绝巘之间；望去如薄纱遮翳，似明似灭，或有或无，渺迷幽漫，无上高远复深远也。此皆运笔之虚实轻重使然。笔欲住而水不止，烟欲遁而雾不绝。水过重谷，乱石相截。然非此不能表现水的浩荡、顽强与百折不回的勇气。因之，阔笔写一横滩，水则涌而漫过；浓墨泼一立石，水则砰然拍去，激出巨浪，笔甩墨飞，冷气夹带水珠，弹向天空。岩石夹峙，水流倍猛，四处疾射，奔流前行。一路遇阻而过，逢截必越，腕间似有不当之势。画笔受激情鼓荡，撞得水盂砚池叮当作响。此亦画之音乐也。直画得荡气回肠，大气磅礴。只见水出谷底，汇成巨流，汩汩而去。不觉挥腕一扫，掷笔画成。

于是，悬画于壁，静心望去，原来竟是一大幅飞瀑图。奇怪！作画之前，并未有此图之想，缘何成此画图？一般所谓作画"胸有成竹"在"胸无成竹"之上，错矣！殊不知，"胸无成竹"才是最高的作画境界。此便是先有内心的情氛与实感，不过借笔墨一时成像罢了。

身在世纪之交，每思前顾后，阅历百年，感慨万端。然而，由当今而瞻前，确是阔而无涯。心所往，皆宏想。由是黄钟大吕，时亦鸣响心中。这便是如上豪情时有骤至之故。图画至此，意犹未尽，遂取一支长锋狼毫笔，题数字于画上，乃是这样一句：

　　万里泻入心怀间

　　画为文外事，文亦画外事；画为文中事，文亦画中事。画罢作文，以记之。

中国的雪绒花在哪里？

几个月前，在奥地利阿尔卑斯山的山村访问。当山民把两三枝雪绒花赠给我时，我被这种毛茸茸雪白的小花奇异的美惊呆了。那首无人不知的电影歌曲《雪绒花》油然在心中响起。山民告诉我，这种花只有在两千米以上的寒冷的高山上才有。倘若幸运地遇到它，便会采下几朵，晾干后插在小瓶里。人们不仅欣赏它奇特的美，更敬佩它不惧严寒的品格。偶有贵客来访，便会作为珍贵的礼物赠送来客。

这位山民问我："中国有雪绒花吗？"

我的回答很含糊："好像也有。"这因为，我不知道我们的雪绒花在哪里。

可是没想到今年雪绒花和我竟这样有缘——

这几天，我在河北蔚县参加全国民间剪纸的抢救工作会议。燕赵之地的人真是朴实又慷慨，恨不得把他们家里的宝贝全塞在你的怀里才心满意足。会议结束了，还非要拉着我去看看他们的"空中草原"。

"空中草原？"这名字可是新奇又诱惑。这是个什么地方呢？

主人笑而不答。车子离开蔚县，穿过驰名全国的剪纸村南张庄，很快就进入了飞狐古道。这条在历史上连接着华北平原与内蒙古草原的古道，好似在乱山中蜿蜒穿行的巨蟒。和主人一谈，古今许多著名的战事原来全都挤在这条又狭窄又曲折的古道上。连当年杨六郎一箭射穿山顶的那个巨大的箭孔还在那儿呢。

夹峙在飞狐古道两边的山岩全都苍老而嶙峋，层层叠叠，陡峭参天，从车子里很难望见山顶。山岩是绛红色的，丛生在错综复杂石缝里的灌木是浓重的绿。红绿参差，美丽又深郁。然而，一出古道却是一片开阔的山野。在这太行山与恒山的交会与碰撞之处，山的形态绝无重复，山的色彩也绝无重复。我不曾在别的地方见过如此丰富的山色，所以一直把脑袋伸在车窗外边，直到感觉山风变得凉起来，才知道我们已经上山了，去往"空中草原"了。

一层层的大山从车窗上落到车子下边去。这时，不可思议的奇幻一般的景象出现了——就在这千峰万壑俱在脚下的高山之巅，竟然展开一片浩无际涯的大草原。空中草原？对，就是它！它一马平川，没有任何起伏，白云在蓝天上飘动，草原上还有人骑马飞奔。我恍惚觉得自己一下子飞到了塞外！可是认真观察和感受一下，就完全不同了。瞧，云彩出奇地低，好像伸手就可以摸到，主人告诉我有时云彩下来，还会绕在马腿和汽车轱辘上呢；空气极凉，带着一种雪天里的清冽，因此草地里没有昆虫；天上也没有飞翔的鹰，鹰也飞不到这么高的地方呵；天边那山影，可不是什么远山，而是一些万丈高山的峰顶！主人说，这草原在一座两千一百五十八米高的山顶上，面积竟有三十六公里见方！在天地之初，是谁把这么巨大的草原搬到山顶来的？

待下了车，草原的美一下子把我拥抱其中。草又密又绿，至少有十五六种颜色的花掺杂其间。主人说，这"空中草原"一年四季的颜色总是在不停地变。春天里最先开的是黄色的蒲公英，那时草原一片金黄。随后是红色的野花——他说不出名字，整个草原像盖上一条天大的红毯一样。在夏天，颜色的变化最多。前半月是粉色的，后半个月变成一片蓝色。有时五彩缤纷，真像是一个大花园。前些天草原上全是紫色的菊花。现在天凉了，到处是这种白色的花了——

我低头一看。呀！一种非常独特、似曾相识的奇异的美闯进我的眼睛。毛茸茸雪白的花，淡黄色球形的花蕊，淡绿色的茎，长长短短、如同舞者伸展着胳膊的花瓣——就凭着它这种独特的美，不需要回忆，我便失声叫出它高贵的名字：雪绒花！

我的发现，令我的主人颇为惊讶。他从来不知道这种花的名字叫雪绒花，更不知道他们这里有雪绒花。

我说了不久前我在阿尔卑斯山的见闻。我说，奥地利人把雪绒花做成精美的项链，还烧制在陶瓷上，非常漂亮。这是一种很名贵的花呀！

我的主人兴奋起来。他说，我们这里整个草原全是雪绒花！

我放眼望去，在这浩瀚的"空中草原"上，真的开满了雪绒花。向远看，好似盖着一层白花花的薄雪。花开密处，雪意深浓。这真是不可思议的奇迹！我知道，这种长着又细又密的抗寒的绒毛的小花，只要在海拔两千米以上的高山上就能成活，但在中国什么地方还会有三十六公里见方这样浩大的山顶上的草原，而且偏偏开满的全是雪绒花？在很久远的以前，到底是哪位仙人路经此处，迷上了这块神奇之地，把携带身上的雪绒花的种子撒在这里，才创造了如此惊天动地的花的奇观！

我的主人说，明年这里就开发旅游了。这雪绒花就是我们的"空中草原"最响亮的一张名片了。

我听了，心一动，便说："旅游人一多，草原压力也就来了。你们可得保护好这个生态。这在全世界都是少见的！别忘了，这儿离北京不过一百多公里！"

离开草原时，我还不断地扭过头去望着这片旷世绝伦的草原——这人间的奇境，这天国的花园。此时，阳光下沏，小小的车窗外白花花如晶莹的雪，一片银白的世界。如是奇观，何处复有？此间，忽然又有一个发现：我手中捏着的几枝采自草原上的雪绒花，花朵个个奇大，比起阿尔卑斯山的雪绒花至少大三倍！我无意中捻动花茎，花朵一转，如同杨丽萍旋转她的白裙。我想，上天赐给我们中国人多少至上至圣至奇至美之物，我们应当感到骄傲，更该加意珍惜。

年　意

年意一如春意或秋意，时深时浅时有时无。然而，春意是随同和风、绿色、花气和嗡嗡飞虫而来，秋意是乘载黄叶、凉雨、瑟瑟天气和凋残的风景而至，那么年意呢？

年意不像节气那样——宇宙的规律，大自然的变化，都是外加给人的……它很奇妙！比如伏天挥汗时，你去看那张传统而著名的木版年画《大过新年》，画面上风趣地描绘着大年夜阖家欢聚的种种情景。你呢？最多只为这民俗的意蕴和稚拙的版画味所吸引，并不被打动。但在腊月里，你再去瞅这花花绿绿的画儿，感觉竟然全变了。它变得亲切、鲜活、热烈、火爆，一下子撩起你过年的兴致。它分明给了你以年意的感染。但它的年意又是哪来的呢？倘若含在画中，为何夏日里你却从中丝毫感受不到？

年年一喝那杂米杂豆熬成的又黏又甜味道独特的腊八粥，便朦胧看到了年，好似彼岸那样在前面一边诱惑一边等待了。时光通过腊月这条河，一点点驶向年底。

年意仿佛大地寒冬的雪意，一天天簇密和深浓。你想一想，这年意究竟是怎样不声不响却日日加深的？谁知？是从交谈中愈来愈多说到"年"这个字，是开始盘算如何购置新衣、装点房舍、筹办年货……还是你在年货市场挤来挤去时，受到了人们要把年过好那股子高涨的生活热情的传染？年货，无论是吃的、玩的、看的、使的，全都火红碧绿艳紫鲜黄，亮亮堂堂，生活好像一下子点满灯。那些年年此时都要出现的图案，一准全冒出来——松菊、蝙蝠、鹤鹿、老钱、宝马、肥猪、刘海、八仙、喜鹊、聚宝盆，谁都知道它们暗示着富贵、长寿、平安、吉利、好运与兴旺……它们把你围起来，掀动你的热望，鼓舞你的欲求，叫你不知不觉把心中的祈望也寄托其中了。祖祖辈辈不管今年的希望明年是否落空，不管老天爷的许诺是否兑现，他们照样活得这样认真、虔诚、执着与热情。唯有希望才使生活充满魅力……

当窗玻璃外冷冽的风撩动红纸吊钱敲打着窗户，或是性急的小孩子提前零落地点响爆竹，或是邻人炖肉煮鸡的芬芳窜入你的鼻孔，大年将临，甚至有种逼迫感。如果此时你还欠缺几样年货未齐备，少四头水仙或二斤大红苹果，不免会心急不安，跑到街上转来转去，无论如何也要把这必备的年货买齐。圆满过年，来年圆满。年意原来竟如此深厚、如此强劲！如果此时你身在异地，急切回家；那一列列火车被返乡度年的人满满实实挤得变了形，你生怕误车而错过大年夜的团圆，也许会不顾挨骂，撅着屁股硬爬进车窗。年意还是一种着魔发疯的情绪！

不管一年里你有多少失落与遗憾、自艾自怨，但在大年三十晚上坐在摆满年饭的桌旁，必须笑容满面。脸上无忧，来年无愁。你极力说着吉祥话和吉利话，极力让家人笑，家人也极力让你笑；你还不自觉地让心中美好的愿望膨胀起来，热乎乎填满你的心怀。哎，这时你是否感觉到，年意其实不在任何其他地方，它原本就在你的心里，也在所有人的心里。年意不过是一种生活的情感、期望和生机。而年呢？就像一盏红红的灯笼，一年一度把它迷人地照亮。

小动物

人类最早和所有动物混在一起生活，一同享受着大自然的赐予：阳光、风、水和果子。当然也互相残害为食。动物间相互为食者，称作天敌，比如猫与鼠。人类就曾以捕杀动物为主。但自从人类脱离茹毛饮血进入文明阶段，就与动物的关系发生了变化。许许多多曾受人类伤害的动物，进入了诗、画与童话，成为亲切可爱的形象，构成和谐美好的生存境界，抚慰人的心灵。

使我惊讶的是，在海外，这些小动物不用到郊外的风景区寻找，大城市中心也常常见到它们。阿姆斯特丹最繁华的沿河街道上空盘旋着雪白的海鸥，我曾用照相机摄下一个镜头——一个金发女郎骑车到桥头，忽然停下来打背包掏出一把碎面包，一扬手，就有许多海鸥"扑喇喇"疾降下来，争啄她手心的面包渣。她好高兴，好像在体味着这些海鸥与她亲昵的情感。手里的面包渣没了，再向包里掏，直到把包儿掏空，便和海鸥们摆摆手，骑车走了。

在伦敦、旧金山、布鲁塞尔、芝加哥那些高楼林立间的绿地，只要你拿些米一扬手，就有鸽子飞来，还有许多机灵的麻雀和各色小鸟混夹其间。它们都不怕人，有时会在你胳膊上站成一排，甚至踩在你的头顶、肩头或耳朵。这原因很简单：没人捉它们、吃它们，在西方没有"炸铁雀"下酒。你不曾伤害它，它对你便无警惕。害怕都是由于损害所致，无论是人与动物，还是人与人。

这些生活在城市中的小动物，我最喜欢的是松鼠。在北美一些小城市街上走时，它们时常会从道边浓绿的树丛中钻出来，轻灵地拧动着身子，用略带惊讶的神气瞧你。直立起来时两只前爪拱在胸前，像作揖，跑起来背部向上一拱，把尾巴高高一撅，看上去好似毛茸茸流动的小波浪。一次我躺在爱荷华河边长椅子上晒太阳，睡着了，忽然觉得有人拨弄我的头发，醒来一看是两只小松鼠。我口袋里正好有些花生，喂它们。它们吃东西时嘴巴扭动得很可爱。我把花生一抛，它们竟去追。我离开时，它们居然边跑边停跟了我一段路，好似送我一程。

孩子们最爱和小松鼠玩，时常可以看到小孩子们把自己的糖棒送给小松鼠吃。那次在安大略游乐场的大戏篷里看加拿大皇家芭蕾舞团演出《睡美人》时，忽然有几只松鼠在顶篷粗电线上跑来跑去追着玩。剧场里所有孩子都看松鼠，引得大人们也看。最后演员也不得不抬头看看究竟是什么角色夺了他们的戏。

小松鼠机灵却冒失，有时蹿到公路上，汽车车速很快，行车时来不及刹车，就被轧死。但后面的车看见前头一只被轧死的松鼠，都错过车轱辘，不忍再轧。看到这情景会为小动物的不幸感到痛惜，同时被人们的善良所感动。

西方保护动物的组织很多。在伦敦我参观过一个"保护弃猫委员会"。谁家不愿养的猫，可以送给这组织去养。杀害动物会受这些组织的控告。人类爱护动物究竟会使自己得到什么益处？爱，首先使人们自己善良。

美国电影《人豹》中有句话："动物成为人之前，相互残杀。"反过来说，文明的标志是避免相互伤害。

图书在版编目（CIP）数据

挑山工·长衫老者 / 冯骥才著. -- 武汉 : 长江文艺出版社, 2025. 1. -- ISBN 978-7-5702-3746-3

Ⅰ. I267

中国国家版本馆CIP数据核字第2024X4Q638号

挑山工·长衫老者
TIAOSHANGONG · CHANGSHAN LAOZHE

责任编辑：雷 蕾　　　　　　　责任校对：程华清
封面设计：陈希璇　　　　　　　责任印制：邱 莉　胡丽平

出版：长江出版传媒　长江文艺出版社
地址：武汉市雄楚大街268号　　　邮编：430070
发行：长江文艺出版社
http://www.cjlap.com
印刷：武汉市籍缘印刷厂

开本：640毫米×970毫米　1/16　　印张：7　　插页：4页
版次：2025年1月第1版　　　　　2025年1月第1次印刷
字数：60千字

定价：24.00元

版权所有，盗版必究（举报电话：027—87679308　87679310）
（图书出现印装问题，本社负责调换）